**Renzo Novatore**

# Un fiore selvaggio

# PARTE I



*Sull'arcobaleno del Sole*
*il Folle la vita cavalca.*
*La Gloria con occhio perverso*
*lo guarda dal Vertice estremo.*

*R. N.*

## PIANTO

Pianto!

…......................censura.......................

… Ed i "pochi" erano nostri... Erano nostri e caddero...

Quanti sono i nostri caduti?

Quanti coloro che cadranno ancora?

Ecco i due interrogativi terribili che ci chiudono in un singhiozzo la gola e che ci gonfiano il cuore di pianto!

Oh, non è vero, no! che il pianto sia sempre "cristiano".

Vi sono dei momenti nella vita - dei momenti angosciosi e strazianti - nei quali il pianto è solo dei forti, degli audaci, di coloro che nuotano disperatamente contro il torrente...

Oh, essi caddero i "pochi"! Caddero nel fango insanguinato delle trincee, con il cuore orribilmente squarciato dalla polvere e dal ferro omicida... Eppure entro quei cuori generosi e buoni vi stava chiuso tutto un superbo e grandioso sogno d'amore...

Ma questo è un "sentimentalismo da folli e da visionari", non è vero o ex compagni di ieri?

Oh, se vi considerassi ancora degni del nostro disprezzo!

Se potessimo ancora onorarvi della nostra sferza!

Ma la mota con la quale avete sostituito il vostro cervello e il vostro cuore, l'avete raccolta in paludi troppo pestifere per potervi ancora degnare di tutto ciò!

…......................censura.......................

… Ma questa è ancora e sempre "moralina da pretonzoli e da filosofastri", non è vero o egregi rinnegati?

Ah, tre volte vili!

Però non illudetevi almeno di essere discepoli del Nietzsche o dello Stirner, o Rabagas da strapazzo, o vari anarcoidi alla Tancredi o alla Nerucci; risparmiate questo supremo insulto a queste due austere ombre di pensatori che seppero portare un soffio possente d'innovazione nel campo sconfinato della filosofia; mentre voi non siete mai stati che i loro scimmiottatori e ciò che avete detto o scritto non è stato che una ripugnante caricatura e che una turpe parodia.

Ma noi, ripetiamo, non possiamo più avere parole per voi!

In questa notte tenebrosa, satura di collettiva pazzia, noi pensiamo ai nostri "pochi" caduti, e per essi versiamo a torrenti tutto il nostro amarissimo pianto!

DE PROFUNDIS!

Sì, noi versiamo a torrenti tutto il nostro amarissimo pianto!

Ma le nostre lacrime cadono - come rugiada benefica sopra le messi biondeggianti - entro i tersi calici dell'Avvenire, attraverso i quali già brilla la fulgida luce di un nuovo giorno!

Noi siamo coloro che nati nel presente viviamo nell'avvenire: voi siete la rimanenza di un medioevale passato che le ondate tumultuose della storia hanno fatto sobbalzare fino ai giorni nostri per farci assistere al funerale grandioso che accompagna alla tomba tutta la vostra semibarbara civiltà borghese - cristiana e... democratica.

Oh, quanto è fatale la Storia... Ella ha voluto - con un tragico ma magnifico giuoco - porvi in mano la vanga con la quale dovete voi stessi spalancarvi la fossa...

Ella grida a gran voce il DE PROFUNDIS di tutti i vostri tradizionali ideali e la vostra decrepita società sta dibattendosi nei crudeli spasimi della più atroce agonia, ed intorno al suo letto di turpitudini e di degenerazioni a migliaia e a milioni si ergono i teschi sghignazzanti!

Ma quei teschi, mentre sghignazzano, parlano uno strano linguaggio che voi non volete e non potete comprendere, ma che noi vi spiegheremo domani... Domani... Ma oggi? Oggi non ci resta che il pianto... il pianto per i nostri "pochi" caduti!

GERMINAL! Il sole ritornerà sulla terra! Egli il protettore e l'amico degli sviscerati amanti della Luce!

L'Alba ucciderà i tenebrosi figli della Notte!

Non è per essi che sorgono le vergini Aurore!

Oh, l'Alba! L'Aurora! Il Sole! Il Meriggio!

GERMINAL! Ecco il fatidico grido nel quale la voce del Genio e quella dell'Eroe si fondono e si confondono per unitamente dissolversi in un canto fremente che, ripetendosi di "eco" in "eco", attraverso la notte dei Secoli, corre in uno sterminato galoppo verso l'Infinito, verso l'Universale, verso l'Eternità!

GERMINAL! Ecco l'Altare su cui si sono sacrificati i veri Eroi!

Ecco il grandioso e incontaminato giardino dove dal "sublime Lucrezio" - come il Leopardi lo definiva - a tutti i vari geni dell'Ellenismo antico, hanno gettato i primi germi dei fiori dell'Avvenire e dove il "grande ribelle tedesco" gettò i germi che fecondarono gli "Unici", i "Liberi", gli "Iconoclasti".

Ed ecco il Nietzsche, il barbaro che impazzisce per insegnare agli uomini di superare se stessi, per spingerli verso le altissime vette, in faccia ai venti gagliardi dove solo possono sopravvivere i PURI, coloro che sanno comprendere le feste superbe, celebrate in mezzo alla grandiosa e naturale bellezza!

E Tolstoi? Ecco colui che sparse, a piene mani, l'Amore!

Ecco colui che volle insegnare agli uomini a liberarsi da un mondo pieno di abbiette cattiverie e di abbrobriose viltà!

E Proudhon? E Schoupenhauer? Rousseau, Rèclus, Gori, Ferrer? E molti altri?

Oh, quanti, quanti gridarono: GERMINAL!

E i Poeti? E gli Artisti? Ecco Oscar Wilde!

Ecco colui che visse avvolto in un sogno grandioso di bellezza e che attraverso la polifonica sinfonia dell'Arte sua traspare tutto un mondo nuovo, purtroppo ancora sconosciuto ed ignorato da quasi tutti coloro che vivono l'opera nostra?

E Ibsen? E l'autore dei *Fiori del Male*?

E Shelley? E Zola?

Oh, quanti! Quanti per vie opposte e diverse hanno corso e corrono verso la sintesi suprema, verso il grande Meriggio, mentre, accompagnati dalle note strazianti di Riccardo Wagner, essi gridano: GERMINAL!

E Germinal!

La condanna di tutto un turpe passato che si sgretola miseramente e che la Storia travolge nell'ombra spaventosa del tempo!

E noi Germinal! Lo abbiamo inciso nel cuore!

# ALLA CONQUISTA DI NOVELLE AURORE

Quando le dita dorate dell'Aurora si avanzano sullo smaltato orizzonte, intrecciate con quelle inargentate dell'Alba, per togliere dalla faccia madreperlacea del nuovo giorno il velo bruno e funereo della notte, io fremo!

Io fremo attendendo il Meriggio!

L'ora meridiana fa risuonare negli abissi dell'animo mio delle marce scroscianti di musiche dionisiache!

"Oh, ora meridiana, ora meridiana affrettati! Fa ch'io veda danzare intorno al tuo fianco uomini di luce! Io vedo pure me stesso in questi amici miei!"

Questa è la sola preghiera ch'io recito al mattino.

Ma, ahimè! Quando l'ora meridiana è passata e quella crepuscolare si appressa, sento l'animo mio invaso di tristezza.

Oh, la terribile ora dei vespri... Quando il sole volge al tramonto e il giorno muore... L'ora nella quale gli ultimi fasci di luce cercano resistere tenacemente alla invasione implacabile delle ombre!

Ricordi? Sono parecchi anni, lunghi come secoli, che fummo travolti dalle ombre crepuscolari di un'epoca che corre verso il tramonto, ed oggi siamo ancora in piena tenebra!

Oh, come io la odio la notte! Come odio questa nemica del sole e della luce!

Questa megera infame dei pipistrelli e dei gufi!

Oh, Aurora! Aurora novella affrettati!

Portaci i caldi e palpitanti meriggi lunghi di eternità, chiusi fra le tue dita d'avorio dorate!


Ma, no! Non è possibile attenderti!

Occorre squarciare il ventre alla notte, bisogna rapirti al mistero!

Noi lanceremo sui tetti della città addormentata la nostra pietra risvegliatrice!

Noi solitari...

Oh, sì! Anche coloro che stanno placidamente avvolti nel manto di Morfeo noi risveglieremo!

Essi dovranno imparare a seguire noi che, piccolo pugno di audaci, balzammo in piedi con chiuso nel pugno il nostro grandioso destino e, sprezzanti di coloro che il letargico sonno ha già consegnato alla morte, trionfalmente marciamo verso le eccelse vette dove schiantano i fulmini della nostra spirituale tragedia e della nostra materiale epopea!

Restino pur già nelle paludi gli adoratori della luna e gli infrolliti amanti della notte: noi vogliamo la luce! Noi saliremo sulle rocce bronzee dell'orizzonte e con l'anima gonfia di una solenne e maestosa tragedia, giaceremo in compagnia delle Albe! Esse ci scioglieranno l'enigma dell'eterno "Perché" e ci spiegheranno la canzone che lassù cantano i venti!

I venti gagliardi, nascenti dalla vergine foresta dell'Ideale!

Dell'Ideale che vigila le eterne ragioni dell'Infinito!

"Ecco l'Alba che viene, ecco viene il mio canto!". Grida a noi l'Avvenire!

E noi vogliamo danzare sopra il culmine delle più alte montagne baciate dal Sole ed incontaminate dal volgo, lassù dove tutto anarchismo e non cristianesimo.

O Albe, o Albe! Venite, giacete con noi e noi porteremo a voi tutti l'ardire delle nostre vergini forze! Noi soldati del Sogno. Noi che vogliamo vivere nell'azzurro perché così vuole l'anima nostra!

Noi vogliamo distruggere tutto ciò che non è puro: così vuole la nostra volontà!

Noi vogliamo essere le eterne sentinelle avanzate: così vuole la nostra potenza!

Ma vogliamo pur ritornare in mezzo alla notte per deporre sui tetti plumbei della città addormentata i tesori da noi rapiti al mistero, così vuole il nostro cuore!

E nessuna ricompensa, per tutto ciò, noi chiediamo ai dormienti, perché noi siamo nati solo per donare!

Sarebbe già troppo per noi la gioia di poter far dono dei nostri tesori!

Chi, fra noi, non comprende quanto sia difficile l'arte del donare?

Ma con tutto ciò noi doneremo! Così vuole il nostro egoismo chè quanto dire il nostro amore per ciò che dovrebbero essere gli uomini e pure anche le donne!

E voi che ci ascoltate vogliate almeno comprendere che noi non siamo sacerdoti della demagogia; troppa la nobiltà del nostro cuore per farci cadere nella vergognosa dedizione di questo ripugnante mestiere.

Non lanciate di questo fango a chi sa balzare sui ponti della Libertà e sa cavalcare arcobaleni di luce, se non volete sentirvi rispondere con l'amaro e violento sarcasmo di Nietzsche: "Guardatevi dallo sputare contro il vento!".

Usate riguardo agli spiriti che vogliono liberarsi definitivamente da tutto ciò che è parto mostruoso del passato e che suona: *realtà del presente*.

Rispettate coloro che vivono nell'Avvenire!

Il nostro sguardo si fissa intensamente ai porti dell'Isola beata che si erge al di là del bene e al di là del male. È là ove germinano i fiori verdi e selvaggi delle nostre più belle speranze!

È là, verso quell'Isola, che volge ansiosamente la prora dorata della nostra Nave!

# GRIDO RIBELLE

Non è più con la storica cicuta di Socrate e con la leggendaria croce di Cristo che si possa alimentare lo spirito irrequieto e dubbioso degli uomini nuovi.

Questi due sacrifici, caduti ormai fortunatamente nei profondi abissi d'un tenebroso passato, furono - senza dubbio - consumati a totale danno delle rigogliose individualità tendenti e pulsanti manifestazioni di libera vita.

Ed io confesso che lo stesso Diogene, nei confronti di Socrate e di Cristo, mi sembra davvero un grande innovatore, giacché la sua botte ha un significato ben più profondo e diverso della Cicuta dell'uno e della Croce dell'altro.

Ma se Socrate e Cristo, con la loro morte inutile, hanno colpito - fino a farle sanguinare orribilmente - le vere e proprie potenze individuali, tutte le rivoluzioni da parte loro non fecero forse altrettanto?

Non fu dunque con la dinamica rivoluzionaria che il Cristianesimo trionfò sulla quasi invidiabile società pagana?

E tutte le repubbliche, gli imperi, le monarchie liberali, costituzionali, assolutiste o... democratiche, non nacquero forse dai torrenti di sangue, ondeggianti nelle infuocate contrade delle guerre e delle rivoluzioni?

Ma perché mai dunque il polso violento e febbrile di tutte le rivoluzioni si spezzò sempre liberamente, permettendo che nuovi fantasmi si ergessero ancora a dominatori sovrani?

La risposta non si fa attendere molto certamente giacché a nessuno riuscirà difficile comprendere che tutte le Rivoluzioni furono, in un modo o nell'altro, ammaestrate e i rivoluzionari furono sempre - a parte le infime minoranze, i "pazzi" - degli automi guidati da chimerici e favolosi fantasmi.

Ma quale valore possono avere per me codesti fantasmi? A che cosa può servire a me tutto ciò? A me Iconoclasta, uccisore dei fantasmi, frantumatore di idoli vecchi e nuovi?

A che cosa può servire a me, per esempio, il trionfo del Cristianesimo? A me che sono anticristiano per eccellenza?

E le repubbliche e le monarchie, e tutte le altre forme di società insomma che, ergendosi a sovrane "sacre", non possono riconoscere in me che il "cristiano", il "suddito", il "cittadino", il "membro", ecc. ecc.? Giacché non mi sembra difficile comprendere che in ogni forma di società vi deve essere un "sistema" sia pure, questo sistema, il migliore dei migliori: l'Uguaglianza!

Ma ogni sistema "sacro" e tutto ciò che è Sacro, o divinamente o umanamente, richiede a me, Individuo, delle rinuncie e delle umiliazioni. Ma v'è di più ancora.

Giacché ogni forma di società, nata sui frantumi della vecchia caduta fragorosamente nel nulla, ha la convinzione di essere la sola perfetta. Ed è precisamente questo dogma della perfezione che la sospinge ad essere maggiormente reazionaria verso l'irrequieto Ribelle che non intende inchinarsi nemmeno innanzi al nuovo Dio: giacché se oggi, ad esempio, la rivolta contro il despota di tutte le Russie trova le sue approvazioni e giustificazioni nelle sudicie gazzette nostrane, queste non approverebbero e non giustificherebbero un bel nulla se tale rivolta scoppiasse nel... candido seno della... liberale e... democratica Italia. Anzi...

Ma facciamo un passo più avanti ancora! Supponiamo, ad esempio, che domani in Italia si proclamasse la Repubblica: in questo caso una grandissima parte di coloro che oggi si fanno credere rabbiosamente rivoluzionari, non sarebbero essi stessi i più feroci e reazionari conservatori di domani?

Se qualche "testa calda", qualche "pazzo" o qualche "esaltato" volesse minare ancora una volta il loro nuovo edificio, il loro nuovissimo Dio? Ma qui mi sembra di udire certa buona gente - forse troppo buona - ad esclamare: Ma costui è dunque un nemico della Rivoluzione?! - No, no. O buona gente ascoltatemi ancora giacché io sono tanto rivoluzionario da non riconoscermi quasi! E sapete perché sono un rivoluzionario quasi irriconoscibile? Per una cosa molto semplice ma... grande nella sua semplicità. Ed è questa: ch'io sono rivoluzionario guidato solo dall'impulso immenso ed irrefrenabile della MIA libera espansione di volontà di potenza.

Non è un fantasma che mi guida, ma sono io che cammino; non è il sogno chimerico di una società perfetta di universale redenzione umana, ma è il bisogno assoluto della mia potenziale affermazione innanzi alle altre potenze.

Dio, lo Stato, la Società, l'Umanità ecc. ecc. hanno per essi una propria causa. Se io non voglio accettare di sottomettermi alla causa di Dio, sono un "peccatore". Se non voglio subire lo Stato, la Società, l'Umanità sono un "empio", un "criminale", un "delinquente".

Ma che cosa è il "peccato"? Che cosa è il "delitto"?

Anche qui credo che per analizzare tutto ci non ci sia proprio bisogno di una lunga e minuta dimostrativa divagazione; giacché anche i bambini dovrebbero sapere ormai, che il più grave peccato che si possa commettere contro la divinità è quello di schernirla, non ubbidirla, profanarla e rinnegarla. Profanare insomma ciò che è divinamente e umanamente "sacro" è il più grande "peccato", il più grande "delitto".

"Sacro"! Ecco il più mostruoso e terribile fantasma innanzi al quale fin oggi tutti hanno tremato.

Ecco la vecchia e corrosa tavola che deve essere infranta dagli uomini nuovi!

Dai LIBERI, dagli ICONOCLASTI, da tutti coloro che nel "peccato" e nel "delitto" hanno finalmente scoperto la nuova sorgente dalla quale zampilla la suprema sintesi della vita.

Ed anche la plebe, quando imparerà a dissetarsi a queste nuove, sconosciute sorgenti, si avvedrà ben presto di essere, pur essa, una granitica potenza.

Ma per far ciò occorre che questa plebe non si lasci più dominare dalla paura.

O plebe ascoltami! Io non sono il nuovo Cristo venuto a sacrificarmi sull'altare della tua redenzione. Ciò facendo io sarei un pazzo e tu una mendicante.

Io appresso il mio labbro al tuo orecchio profano e lancio un grido. Un grido tremebondo che ti farà impallidire. Il grido che io ti lancio è quello del grande ribelle tedesco Max Stirner.

Ascoltalo dunque giacché è solo in virtù di questo magico grido che, come plebe, dovrai scomparire per poscia risorgere nella fiorente potenza di tutti i tuoi membri individualizzati. Eccolo il magico grido: *L'Egoista si è sempre affermato col delitto, ed ha, con mano sacrilega trascinato giù dai loro piedistalli i sacri idoli. Bisogna finirla col sacro; o, meglio ancora: il bisogno d'infrangere il sacro deve divenire generale. Non è una nuova rivoluzione che si avvicina: ma, possente, impetuoso, superbo, senza vergogna, senza coscienza un delitto si annunzia all'orizzonte col rumore di un tuono: non vedi tu che il cielo carico di presentimento si oscura e tace?*

Ma anche qui, o plebe, ti vedo indietreggiare e gridarmi con orrore: "Che cosa è mai questo delitto? Che cosa vuol dire Egli con tutto ciò?".

Ah, plebe, plebe! Non hai dunque tu ancora compreso il suo linguaggio?

Ebbene ascoltalo ancora. È Egli che parla: *Metti la mano su quanto ti abbisogna. Prendilo: è tuo. È la dichiarazione di guerra di tutti contro tutti. Io solo sono il giudice di ciò che voglio avere.* Comprendi ora tu, o plebe, qual'è il delitto che SI ANNUNZIA ALL'ORIZZONTE COL RUMORE DI UN TUONO? Ma tu, o plebe, forse non saprai adattarti ancora all'idea di eterna guerra: tu che ti sei fatta cullare, come un misero bambino, nel dolce sogno dell'eterna pace. Eppure chissà quanti idoli avrai ancora da adorare e sull'altare dei quali dovrai ancora sacrificarti!

Povera plebe! E pensare che anche i ciechi dovrebbero accorgersi ormai che chi non sa accettare l'eterna guerra per la propria affermazione ed il trionfo, deve accettare l'eterna schiavitù per il trionfo dei favolosi fantasmi, nemici dichiarati dell'*Io*.

Sì, o plebe, io mi sono deciso ad essere, una volta tanto, sincero fino in fondo con te. Ed ecco che cosa ti dice là mia sincerità - Oggi tu ti sacrifichi sulle insanguinate trincee per una causa non tua, domani potrai forse sacrificarti nelle contrade insanguinate della Rivoluzione, per permettere poi che un nuovo verme parassitario e corroditore sorga sui mari di sangue uscito a caldi e fumanti fiotti dalle tue vene bronzee per ergersi a nuovo idolo e sedersi sopra di te proprio al pari dell'antico Dio.

Il ritornello dell'Amore, della Pietà e del Diritto consacrato ritornerà a farsi udire, battuto con molta abilità sulle arpe nuove, componenti, per, l'arcivecchia sinfonia.

Plebe ascoltami! Qualche cosa d'altro io debbo dirti ancora. E ciò che ancora debbo dirti è, forse, il più che mi preme.

Eccomi dunque. Io sono *UNICO* e fino a quando tu sarai plebe io non potrò associarmi con te. Quando io lo facessi lo farei per trascinarti a cozzare contro il mio nemico che è il tuo padrone. Ma tu, come plebe, non ti lasceresti trascinare giacché adori anche troppo il tuo Signore.

Tu vuoi continuare ancora a vivere inginocchiata. Ma io ho compreso la Vita!

E chi ha compreso la vita non può vivere inginocchiato.

Io ho pure compreso tutte le insidie che mi hanno teso i proprietari di questa.

Quando costoro mi hanno veduto marciare audacemente alla conquista della mia vita, armato di tutta la mia spregiudicata potenza, essi hanno posto sotto i miei avidi occhi tutti i loro ridicoli ed insani fantasmi.

Essi cercarono di terrorizzarmi con lo spauracchio del "sacro"; ma visto che io, l'Iconoclasta, l'Empio, schernisco e derido tutto quanto è "sacro" o da "consacrare" e che, come Armida, distruggo il palazzo nel quale un giorno ebbi a subire l'incanto, essi gettarono la maschera sacra e lanciandosi contro di me, con tutta la forza della loro potenza, m'imposero il non *plus ultra*.

Fu in quel giorno, o plebe, ch'io ebbi la vera rivelazione di ciò che è la vita, e quale posto aspetta in questa alla mia *Unicità!*

Ora io vivo in piedi. Il mio occhio più non conosce il sonno.

A nessuno riconosco diritti contro di me. Solo la forza potrà vincermi ormai, ma non più i fantasmi.

Solo la forza potrà vincermi, ho detto. Ma anch'io faccio uso di questa. Non chiedo più nulla a nessuno.

Non sono un mendicante io.

Mi approprio soltanto di tutto ciò che sono autorizzato ad appropriarmi con la mia capacità di potenza.

La mia Rivoluzione è già da molto tempo incominciata.

Da quel giorno che conobbi la vita impugnai le MIE armi e dichiarai la MIA guerra.

Io lotto per una causa che è mia, nessuna altra causa può più interessarmi.

I miei nemici lottano anch'essi per una causa che è la *loro* e contro di me.

Ma io non li odio per questo i miei nemici.

L'interesse REALE che essi hanno a combattermi li dispensa dall'odio mio giacché non è che per il mio REALE interesse che io ho impugnato le mie armi contro di essi.

Io potrà benissimo ucciderli per il mio trionfo, ma senza odiarli, senza disprezzarli; non lotto per dei fantasmi io!

Che io disprezzo piuttosto i mendicanti, i pezzenti, tutti coloro che non osano combattere ma che solo sanno pregare e piangere.

Sono costoro che accattano le briciole cadute dalla sfarzosa mensa del mio nemico.

Ed è con questi pezzenti del corpo e dello spirito che il mio nemico si crea una potenza cieca e formidabile da lanciare contro di me nella battaglia impegnata fra noi *Egoisti*.

Ma che cosa potranno mai guadagnare codesti pezzenti dalla vittoria riportata su di me dal mio nemico, cioè dal loro padrone? Nulla all'infuori delle solite briciole e della eterna schiavitù!

Ma che cosa sei dunque, o plebe, se non la massa cieca, incosciente, mendicante che ti lanci contro di me in difesa del tuo Signore? Ascoltami o plebe! Tu come *Tale* devi scomparire, non vi deve essere posto per te nel teatro della vita nuova.

Sogghigni? Sei forse per scagliarti contro di me?

Sono forse riuscito a svegliare in te, con i colpi poderosi della mia sferza, un intimo residuo di orgoglio che dormiva nascosto nelle recondite pieghe della tua anima secolarmente servile?

Già si odono in lontananza gli squilli delle trombe guerriere annuncianti gli invincibili attacchi degli Unici contro i fantasmi: Stato, Società, Dio, Umanità...

Impallidite e fuggite trascinando nel baratro del nulla eterno tutti i satelliti vostri; è la falange ribelle dei Liberi e degli Iconoclasti che si avanza implacabile nel turbinoso cielo dell'Avvenire!

# FIORI SELVAGGI

Premessa. Anche attraverso le lande sterminate dei brulli deserti germinano dei fiori. Fiori selvaggi che emanano peccaminosi profumi e che colle loro spine fanno sanguinare le stesse mani di coloro che li raccolgono, ma che hanno però, la loro storia grandiosa di gioia, di dolore e d'amore. Ripeto: sono fiori strani e selvaggi che sorti dal nulla che crea, furono fecondati dal sole e poscia sbattuti dall'uragano crudelmente, così!

Questi fiori sono pensieri germinati nella solitudine meditativa e profonda dell'anima mia mentre al di fuori, nel mondo che più non mi appartiene imperversa furiosamente la pazzia solcata dal fuoco elettrizzante del fulmine che implacabile schianta.

Ed io, vagabondo impenitente, che amo galoppare nelle gioiose e paurose vie di questo mio regno solitario e deserto, mi compiacerò di raccogliere periodicamente un fascio di questi fiori selvaggi per incoronarne questa bandiera ribelle che già una volta vigliaccamente e brutalmente stroncata canta ancora per il ritornello gioioso dell'eterno ritorno.

Anarchico è solo colui che dopo una lunga, affannosa e disperata ricerca ha ritrovato sè stesso e si è posto, sdegnoso e superbo «sui margini della società» negando a qualsiasi il diritto di giudicarlo.

Colui che non sa essere all'altezza delle proprie azioni riconoscendosi, egli solo a giudice di se stesso, potrà magari credersi anarchico ma non lo è!

La forza di volontà e di potenza (da non confondersi col potere) lo spirito di autoelevazione e di individualizzazione sono i primi gradini d'una scala lunga ed interminabile ove sale colui che vuole superare anche se stesso oltre tutte le cose.

Solo colui che sa spezzare con impetuosa violenza i rugginosi cancelli che chiudono la casa della gran menzogna ove si sono dati convegno i lubrici ladri dell'«Io» (dio, stato, società, umanità), per riprendere dalle mani viscide e rapaci - inanellate del falso oro dell'amore della pietà e della civiltà, dei biechi predatori, il suo più grande tesoro, può sentirsi padrone e signore di se, e chiamarsi anarchico.

L'anarchico, oltre ad essere il più grande ribelle ha pure il vanto di essere un Re. Il Re di se stesso s'intende!

Chi crede che Cristo possa essere il segnacolo ed il simbolo che l'uomo deve sventolare per giungere alla libertaria sintesi della vita, non può essere che un socialista o un cristiano negatore dell'anarchismo.

Quando Socrate, che malgrado tutto, era senza dubbio di molto superiore alla bestialità di quel suo popolo che lo condannava, accettò la cicuta che questo gli imponeva di trangugiare, fece una tal opera di viltà e di dedizione che l'anarchismo spietatamente condanna.

Sfuggire, con qualsiasi mezzo, all'invincibile bestialità d'un popolo reso feroce e brutale da cannibaleschi pregiudizi e da spaventosa ignoranza, o alla sadica depravazione d'una putrefatta società la quale si crede in diritto di giudicare e condannare un singolo perché ha consumato una data azione che la suddetta società non è all'altezza di comprendere mai; è un atto superbamente ribelle ed individualistico che solo nell'anarchismo può trovare la sua ragion d'essere e la sua glorificazione.

Ahimè! Anche la coscienza è stata fin qui un fantasma atavico e pauroso. E solo cesserà di essere tale, quando l'uomo l'avrà saputa rendere l'immagine e lo specchio della sua propria ed unica volontà.

Il primo uomo che disse: «Non vi è nessun dio», fu senza dubbio un atleta dell'umano pensiero. Ma colui che si limitò a dire che: «Il dio del prete non c'è», barò coll'equivoco lasciando a sufficienza comprendere di essere, egli, un losco partigiano il quale già premeditava di uccidere gli uomini forse con una nuova menzogna.

Tenetevi ben guardinghi da coloro che si limitano alla sola negazione di dio.

## FIORI SELVAGGI

Non so perché quando penso ai NOSTRI (!) scrupolosi (!) giornalisti, ai fornitori della "nostra cara patria", nonché agli eroi del fronte interno con tutta quella somma di élite di RI-VO-LU-ZIO-NA-RI interventisti che stanno sublimandosi in un bel bagno caldo di sfolgorante sole italico, mi sembra di udire la melodiosa voce di Laerte, nell'Odissea omerica, ad esclamare in un ebbro delirio di gioia: "Qual sole - oggi risplende in cielo, aurati Numi! - Gareggian di virtù i figli e nipoti - Giorno più bello non mi sorse mai!"

Ieri sera, prima di coricarmi, mi venne la bizzarra idea di interrogare un mio grande e diletto amico, morto di pazzia parecchi anni or sono, intorno alla cinica apostasia di coloro che un giorno credevansi, dicevansi od erano compagni nostri. Ed egli, Federico Nietzsche - il mio grande amico morto con il suo consueto sarcasmo violento, mi rispose testualmente così: "Davvero molti di loro a quel tempo alzavano le gambe simili a danzatrici giacché il riso della mia saggezza gli attirava - ma poi mutarono avviso, ed ora gli vedo strisciare tutti incurvati verso la croce".

"Ahimè! Son sempre pochi quelli il cui cuore possiede un lungo e durevole coraggio ed il cui spirito ha la virtù della costanza. Tutti gli altri sono codardi".

Volersi affermare, voler fare trionfare le proprie idee, voler vivere secondo le proprie inclinazioni e voler sviluppare tutte le proprie qualità fisiologiche e cerebrali, ecco lo scopo di tutti coloro che hanno finalmente trovato il loro BENE e il loro MALE.

Voler innalzare la propria individualità ed il proprio ideale fino al vero amore degli amici, ed al rispetto degli avversari e dei nemici, dando a questi guerra spietata e senza quartiere a tutti i tentativi fatti da parte loro per abbatterci ed umiliarci è da forti, è da audaci. Ma pretendere che tutti dovessero vivere e pensare come noi, a me sembrerebbe troppo grottesco, giacché "ciascun uomo - dice Stendhal - in fondo, se vuole darsi la briga di studiare se stesso, ha il suo bello ideale, e mi pare vi sia sempre un po' di ridicolo nel tentare di convertire il vicino".


Non ho mai saputo spiegarmi il perché vi possa ancora essere una quasi moltitudine di uomini apparentemente molto distinti ed evoluti i quali credono e sperano di poter trovare il proprio trionfo e la propria elevazione, nel trionfo e nella elevazione del popolo. Costoro non si sono accorti mai - come direbbe per altre questioni il Balzac - che giace uno scheletro dov'essi si curvano per raccogliere un tesoro.


"Quando si considera - dice il refrattario Chanfort - che il frutto del lavoro e del pensiero di trenta o quaranta secoli, è stato quello di abbandonare trecento milioni di uomini sparsi sulla terra ad una trentina di despoti per la maggior parte ignoranti e imbecilli, ciascuno dei quali è governato a sua volta da tre o quattro scellerati assai spesso stupidi, che pensare dell'umanità e delle sue sorti future?".

Povero Chanfort! Se tu potessi alzarti dal tuo freddo sepolcro, ove giaci ormai da più di un secolo, potresti vedere quali erano i destini che attendevano al varco questa MISERABILE umanità dei nostri giorni!


"... gli spietati non fanno che cambiare culto e nel quadro stesso dell'eresia mettono e conservano sempre dei ricordi di religione" (G. Vales).


Malgrado le prove fatte da certi selvaggi, dai Tartari, da Licurgo e da certe greche popolazioni, di mettere la donna in comune, oggi l'uomo, per fortuna sua, e forse della specie, è abituato a comportarsi con questa da proprietario! "La mia donna!" dice l'uomo sano. Giacché dire: "la nostra donna" sarebbe da depravati.

Ma, cosa dice la donna? Come risponde essa? Ah, che caos! Che terribile caos!


"I bambini, questi piccoli innocenti bambini! Li vidi rincorrersi nella via con occhi accesi, giocando alla guerra ed udii uno di loro piangere, con la sua fine voce infantile: in me fremette un senso di orrore, di raccapriccio.

Andai a casa, la notte cadde, e quegli innocenti bambini mi si trasformarono nel sogno fiammeggiante, come un incendio notturno, in intere legioni di giovani assassini" (L. Andreiff).

# I VAGABONDI DELLO SPIRITO

*Sotto il nome di vagabondi - dice lo Stirner - si potrebbero riunire tutti coloro che il buon borghese considera per sospetti, ostili, e "pericolosi". Qualunque vagabondaggio, d'altronde, spiace alla borghesia; ed esistono pure i vagabondi dello spirito i quali, sentendosi soffocare sotto il tetto che accoglieva i loro padri, vanno a cercare più lontano maggior spazio e più luce. Invece di rimanere rincantucciati nell'antro familiare a smuovere le ceneri d'una opinione moderata, invece di accettare per verità indiscutibili ciò che ha cercato sollievo e conforto a tante generazioni, essi sorpassano la barriera che chiude il campo paterno e, per il cammino della critica, vanno ove li conduce la loro indomabile curiosità del dubbio. Questi vagabondi stravaganti appartengono essi pure alla classe degli irrequieti volubili, instabili, formata dal proletariato; e quando lasciano supporre la loro mancanza di domicilio morale, vengono chiamati "turbolenti", "teste calde", "esaltati"...*

Oh, i vagabondi dello Spirito! I pallidi sovvertitori impenitenti! Coloro che galoppano senza posa attraverso le sterminate regioni della loro capricciosa fantasia creatrice di nuove cose!

Disse un giorno Zarathustra, parlando a costoro: "Ancora la terra è libera per le anime grandi. Ci sono molti porti ancora per le anime solitarie e le gemelle, intorno alle quali aleggia il profumo dei mari tranquilli: Ancora libera è la vita: libera per le anime libere".

Poi proseguì: "Solo là dove lo Stato cessa di esistere incomincia l'uomo non inutile: di là incomincia l'inno del necessario, il ritornello non uniforme. Là dove lo Stato cessa di esistere... ma guardate un po', o miei fratelli: non vedete laggiù l'arcobaleno e i ponti del superuomo?".

Ma prima di dire a loro tutto ciò, parlando delle scimmie e dei pazzi che si prostano a piè del "nuovo idolo" - lo Stato - disse ancora: "O miei fratelli, vorreste essere forse soffocati dall'alito delle loro putride bocche e delle loro malsane bramosie? Piuttosto spezzate i vetri alle finestre e salvatevi all'aria pura!".

Ed essi - i vagabondi dello Spirito - spezzarono i vetri alle finestre e si lanciarono avidamente attraverso la libertà profanatrice dei campi, ove la festante natura intreccia canzoni di vita; là dove le messi d'oro biondeggiano danzanti nel vento, baciate dal sole.

Essi - i sovvertitori - da quel giorno si proclamarono banditi...

Avvinti dal seducente fascino della libertà conquistata stavano quasi per giacere a terra e prendere riposo, quando il simbolico mormorìo uscente dalle fronde verdeggianti della montagna li chiamò ancora, più lontano... più in alto...

Si guardarono negli occhi a vicenda. Il fuoco d'amore lampeggiava nelle pupille di ognuno come vulcanica lava. Compresero allora ciò che gli disse il Maestro e, riconoscendosi "anime gemelle", partirono tutti verso il culmine della verde montagna che doveva rivelare loro la nuova vita.

Quando il loro piede sacrilego e profanatore si posò sulle alte vette, il sole era già calato al tramonto non lasciando di sé che enormi striscie rosse somiglianti a grandiose lingue di fuoco.

Attraverso l'animo di tutti passò, in quel momento, una triste visione. A tutti parve di vedere l'ombra del Maestro naufragare in quelle vampe rosse. Ma in quel primitivo e desolante silenzio parve pure di udire la sua voce che diceva loro: "Non temete. Io risorgerò col Sole. Anche per voi ora s'appresta il tramonto, ma pure voi risorgerete con i primi raggi dell'Aurora".

Ma, ahimè, ritornando a guardarsi a vicenda sentirono come un brivido di terrore avvolgente tutti in un manto di desolazione, giacché nelle loro pupille più non colava il fuoco d'amore come vulcanica lava.

L'ala nera della malinconia batté con violenza alla porta dei loro cuori colmandoli di tristezza e di sonno.

Quando l'alba venne a frugare, con le sue pagliuzze d'argento, le pupille dei liberi dormienti, per annunziarvi la nascita del giorno novello, essi balzarono in piedi con negli occhi una fiamma ancora più ardente. Cantarono un inno alla vita e fissarono lo sguardo intensamente lontano...

Pochi istanti passarono quando un urlo di dionisiaca gioia scaturì da tutti quei petti pulsanti.

L'arcobaleno e il ponte del superuomo a cui il Maestro aveva loro parlato, ora si ergevano maestosamente, luminosamente d'in fra le fiamme fosche delle nebbie cristiane.

Man mano che il sole rischiarava l'orizzonte essi si accorsero che quei luoghi erano già abitati da altre Creature.

Oh, essi conobbero pure questi abitanti ... Essi videro, in tutta la loro tragica bellezza, le creature di Enrico Ibsen che, con negli occhi il vulcanico fuoco della passione, distruggevano terribilmente le cancrenose piaghe tese all'"io" da secolari pregiudizi sociali.

Ed attraverso a tutti quei distruttori simboli Ibseniani parve a loro di scorgere la nascita del superuomo.

Essi guardarono, con il cuore in fiamme e l'anima muta, Rubek e Irene risorgere dal sepolcro per incamminarsi ove li attendeva la bianca valanga che, satura di morte, sprizzava luce eterna di vita. [...]

Ma essi guardarono ancora... Guardarono e videro!

Videro sbucar fuori il "Pescatore" che abita la *Casa dei Melograni* eretta da Oscar Wilde in mezzo ai vapori di luce emananti dall'arcobaleno che si erge ai fianchi del Superuomo, e lanciandosi - con chiusa nel cuore la sua grande e indiscutibile passione - verso la casa del prete, verso la piazza del Mercato, verso la roccia abitata da una giovane e paurosa Mayulda e sulla montagna satura d'artefizî malefici, ove questa lo sospinge per poterlo sedurre in una diabolica danza di streghe, presieduta da Colui che tutto aveva potuto prima dell'apparire del Pescatore.

Ma il PESCATORE tutto sfida, tutto vince, tanto è imperiosa la volontà folle e tenace della propria passione.

Egli doveva liberarsi dell'anima sua, unico ostacolo ormai fra lui e il proprio cuore giacché solo dopo questa liberazione avrebbe potuto tuffarsi liberamente nei gorghi spaventosi del mare per raggiungere la sua Sirena che ne abitava gli abissi. E che sola poteva dargli le gioiose ebrezze dell'amore. [...]

Oh, quante cose avrebbero ancora veduto rilucere tra l'"arcobaleno" e i ponti del "superuomo" questi Vagabondi dello Spirito se l'urlo rozzo e bestiale del volgo che vegeta già nelle acque stagnanti e che invecchia senza mai rinnovarsi ai piedi della pietrosa montagna, non gli avesse brutalmente scossi chiamandoli "maniaci" e "pazzi". [...]

Avevano ancora increspato sulle labbra un sorriso di scherno e d'amara ironia, quando una rossa automobile attraversò sinistramente una delle più grandi città moderne e, terribile come la folgore, propagò una nuova forma di vita.

Ma ora io mi accorgo di aver divagato. E, quel che è peggio, che, divagando, mi sono messo in *brutta compagnia...*

Stirner e Nietzsche, Enrico Ibsen e Oscar Wilde.

Vi è pure una automobile grigia?!

"Pazzi", "degenerati", "delinquenti", tutti costoro.

Oh, numi, salvatemi voi dai fulmini della *gente per bene...*

E salvatemi pure anche da quelli che invece di occuparsi di distruggere, nella battaglia di tutti i giorni, un brano di questa società che ci opprime e che ci schiaccia, perdono il loro tempo a voler insegnare, ad imporre sistemi di lotta e di pensiero a coloro che hanno voluto imparare a lottare e a pensare da sé.

E quando il loro tempo non è consumato a compiere tutto ciò, viene impiegato a guardare in quale misura dovranno essere costruiti i manicomi che dovranno rinchiudere i nuovi ribelli della futura società.

Io, per mio conto, mi trovo bene in compagnia di questi "pazzi" e, insieme a uno di loro, forse il migliore, grido:

"Spezzateli, spezzateli i buoni e i giusti giacché essi furono sempre il principio della fine".

Oh, come io vivo bene in compagnia di questi "Pazzi"!

Come la trovo grande la loro "pazzia di distruzione"!

Giuro che amo di più, immensamente di più, la pazzia distruttrice che la conservatrice saggezza.

Sì, sì, lasciatemi ai miei "pazzi" giacché vi prometto che se la prossima rivoluzione Europea ci negherà la gioia di cadere avvolti in un delirio di DISTRUZIONE, in tempi migliori io ritornerò a parlare di Essi, e se qualche cosa ci sarà da rimproverare - forse la loro poca "pazzia"?! - lo faremo e senza alcun riserbo


## PENSIERI E SENTENZE


"L'uomo deve il suo braccio alla Repubblica, la sua intelligenza agli Dei, la sua persona alla famiglia: ma i sentimenti del suo cuore sono liberi". Così scrisse Platone.

Ma io di tutto ciò non approvo che quello che riguarda i sentimenti del cuore; il resto oltre ad essere molto discutibile potrebbe anche essere detestabile.


Trailus scrisse: "Non voglio essere me stesso, né avere cognizioni di ciò che sento". Ed io constato, con amara tristezza, che sono troppi coloro che hanno fatta propria questa terrificante bestemmia, e, quel che è peggio, che vogliono imporla come vangelo di vita ai figli loro.

Colui che ha ritrovato se stesso sente risuonare negli abissi dell'animo suo, gloriosi canti di libertà e di vittoria.


"Se Dio non esistesse bisognerebbe inventarlo", affermò Voltaire; fortunatamente che il Bakunin rispose: "Se dio esistesse bisognerebbe ammazzarlo".


"L'anima resa a se stessa, solo in possesso di tutto il proprio essere e di tutta la propria potenza, intravede naturalmente e sente questo qualche cosa inaccessibile alla ragione". Così scrisse Thaumassin. Ma chi di voi non sa ch'era un teologo?


"Nessun maggior segno d'essere poco filosofo e poco savio che di volere savia e filosofica tutta la vita". Così sentenziò il Leopardi, e nel dire ciò egli disse una grande verità. Ma oggi la pazzia collettiva ha passato di gran lunga il segno, ed il triste e melanconico poeta del Dolore non può avere nessuna morale responsabilità in questa bieca faccenda.


Tacito fu implacabilmente inesorabile contro tutti i responsabili delle guerre atroci che devastarono tutta l'umanità dei tempi suoi. Ma Tacito visse in una di quelle infelici (?) epoche in cui le guerre venivano chiamate "barbarie" anche dai grandi storici come Egli stesso era. Mentre invece nel secolo nostro e di Benedetto Croce, la guerra chiamasi "civiltà"! Quando si dice i tempi!...


Lucrezio, il quale visse in un'epoca satura di orrori guerreschi, cantava i suoi carmi alla Venere, dea dell'Amore, supplicandola di placare le ire feroci di Marte.

Gabriele D'Annunzio, improvvisatosi a novello Omero (?), pizzica la sua lira facendone scaturire l'osanna al bestiale dio della guerra acciocché possa diventare ancor più bestiale e crudele.

Anche questa potrebbe essere una questione dei tempi, ma io credo che sia piuttosto una questione di vanità e di... quattrini!


Orazio, rivolgendosi - come si direbbe in lingua moderna - ai "civilizzatori" dell'epoca sua, esclamava: "Un cieco furore vi trascina? - Rispondetemi! Tacciono" - Egli prosegue: "Un bianco pallore tinge i loro volti; è il delitto del fratricidio fin da quando cadde sulla terra il sangue di Remo esecrando ai nepoti". Ma Orazio è morto da molto tempo ed il "bianco pallore" non tinge più il volto dei *nostri* guerrieri!

# VERSO L'URAGANO

Arroventiamo la penna nel fuoco vulcanico dello spirito nostro negatore; intingiamola nel nostro cuore gagliardo, gonfio di sangue ribelle e, nell'atea luce dell'anima nostra, scriviamo, scriviamo...

Scriviamo così, rapidamente, senza vane ricerche letterarie, senza ripugnanti ideologie teoriche, senza bigotte e sentimentali sdolcinature da isterici e da politicanti, avvolti solo nel manto della nostra furibonda passione!

Scriviamo soltanto parole di sangue, di fuoco e di luce!

Scricchiola, striscia o mia ruvida penna di fuoco e di energia sul bianco candore di questo foglio, come striscia una lingua di vipera sulla tenera gola di un bambino innocente per dargli, col veleno, la morte.

Via, via d'intorno a me tutte le teologie, le teosofie, le filosofie dogmatiche e politiche; lungi da me ogni prestabilito sistema: tutto è caduto incenerito sotto le corrodenti fiamme del mio spirito negatore.

Io sono il nichilista perfetto, l'ateo radicale.

Non è soltanto da oggi, no, che io ho trovato, ch'io ho scoperto, che io so che l'unica, la sola, fa più bella cornice entro la quale spicchi libera, solenne e maestosa la superba Individualità umana è il Nulla, il vero Nulla!

Nessuna lurida prigione potrà mai più rinchiudere questa anima mia ribelle e iconoclasta; ma oggi meno che mai!

Oggi che l'enorme campana del tempo ha suonato - e ha suonato sì forti colpi da rompere la più dura cervice alla plebe idiota - è dal Nulla che debbono balzare fuori furentemente le ardite falangi delle fiamme nere che, nell'impeto passionale della spontanea rivolta, costituiranno la crepitante colonna di fuoco la quale, precedendo innanzi ai popoli, darà l'annuncio primo della distruzione finale. Questa è l'ora dell'amarezza febbrile, della terribile ansia!

Questa è l'ora che precede l'ora divina della tragedia imminente, che ci darà la Morte eroica e l'eroica Grandezza.

O ora beata che mi dai tutta la febbrile intensità dello spirito, io t'amo!

Non darei l'amarezza che tu mi rechi per tutte le mediocri dolcezze del mondo; non darei le febbri che mi martellano le tempie, che mi bruciano la fronte, per la tranquillità e la pace di tutti gli uomini vili!

O Satana ispirami! Ispirami Tu o mio divino fratello!

Dammi Tu la infernale potenza d'incendiare tutti quei vergini spiriti che ancora non sono stati sepolti nel letamaio di bugiarde teorie; fa ch'io possa stringere attorno a me un pugno audace d'amanti di eroica e libertaria Grandezza o Eroica Morte.

Ma ci saranno! Ci devono essere! Che le anime timorate se ne stiano tranquillamente a marcire in compagnia dei loro stupidi santi ed il vecchio incretinito buon dio!

Ma noi marceremo! È giunta l'ora di marciare per tutti coloro che, dominando l'ideale, ne sono diventati simbolo e incarnazione.

Avvolti dalla divinità del nostro strazio, procederemo in avanti e, con l'esempio dei fatti, indicheremo agli uomini quali sono le vie che conducono verso la nuova luce! Cadremo? Non importa! Noi vogliamo la liberazione da questa stupida vita di umiltà, di schiavitù, di servilità, ove l'uomo deve camminare in ginocchio e lo spirito parlare sommesso, a bassa voce, come una preghiera.

Bisogna uccidere la filosofia cristiana nel senso più radicale della parola. Quanto più va intrufolandosi nella civiltà democratica (questa forma più cinicamente feroce della depravazione cristiana) e più si va verso la categorica negazione della Individualità umana.

"Democrazia! Ormai lo abbiamo compreso che significa tutto ciò - dice Oscar Wilde - Democrazia è il popolo che governa il popolo a colpi di bastone per amore del popolo".

Contro tutto ciò è suonata l'ora d'insorgere e non soltanto con qualche antipatico e ripugnante teoretico belato d'agnelli...

Ben altro ci vuole in questo sanguinoso crepuscolo d'una civiltà che ha fatto il suo tempo! O la Morte o un'Alba nuova dove la Individualità viva sopra ad ogni cosa.

Io tutto ho dimenticato, anzi non dimenticato: superato (e lo so io con quale strazio), anche l'insuperabile amore per la mia Compagna e l'adorazione per il mio bambino.

I miei libri - i miei cari libri che sopra ad ogni altra cosa amavo - ora dormono laggiù lontano, lontano da me; laggiù nell'antica casa, entro un grosso cassettone, forse coperti di polvere e forse bagnati dalle lacrime della mia cara Compagna.

Ma anche l'amore per voi, o miei cari libri, o torce luminose del mio pensiero, è superato!

Oggi sento dentro di me qualche cosa più forte di tutti gli amori, che mi bacia l'anima con tutto il calore di un irresistibile fascino...

Sui frantumi di tutto ciò che ho distrutto con la negazione, una nuova fede è rinata. La fede dell'impossibile reso possibile dalla mia negazione, o la purificazione ultima, quanto vera, che s'incontra fra le fiamme ardenti della finale catastrofe, tragica e redentrice.

Oggi cerco un'ora sola di furibonda anarchia e, per quell'ora darei tutti i miei sogni, tutti i miei amori, tutta la mia vita.

Ma quell'ora verrà! Oh, se verrà! E se non dovesse venire mi darei volontariamente nelle antropofaghe mani di quella società idiota e bestiale che già mi ha regalato una magnifica sentenza di morte (per essermi ricordato di possedere idee superiori le quali valgono per insegnare che la divina libertà dell'Io è qualche cosa di più bello e di più grande della sua guerra bestiale) e mi farei cinicamente fucilare in segno del più profondo disprezzo contro di me e la innominabile vigliaccheria di tutti gli uomini.

Porgendo un saluto al «Libertario» risorto e alla prossima insurrezione sociale, stringo fraternamente la mano ai veri ribelli di tutte le varie tendenze!

Oggi è vigilia d'Azione! Alle prime scintille io sarà fra voi.

# RITORNANDO

Caro «Libertario»

Ventidue mesi ormai sono trascorsi dal giorno in cui il più brutale e viscido di tutti i mostri tentava di travolgere pure me fra le sue luride e sanguinose fauci.

Sì, anch'io ero destinato ad essere trasformato in umile strumento di servilismo bestiale; anch'io ero destinato a sacrificarmi (oh, le bestie sacrificali...) sull'altare del più stupido e grottesco di tutti gli umani fantasmi; anch'io ero destinato ad essere trasformato in un "pezzo di materiale umano"...

Ma io non credo al destino.

Neppure alla fatalità io credo! No! Io credo soltanto nella mia capacità di potenza! Ed è soltanto in nome di questa che io risposi con un superbo e sdegnoso "NO" signorilmente anarchico, e me ne andai...

Ho camminato con gioia infinita sulle vie del Dolore. Per compagno ebbi sempre il pericolo che amai come un caro fratello. Sulle labbra ebbi sempre l'ironico sorriso dei superiori e dei forti; negli occhi sereni la fascinatrice visione della tragedia eroica che solo comprendono i veri amanti della libera vita.

Ero solo... Ma nell'ombra sapevo che stava nascosta un'ardita falange di coerenti e di audaci che vivevano la mia stessa vita! Ah, quanto amore sentivo per quella anonima schiera...

Che importa se una gran parte di essi languiva da lungo tempo nel fondo di umide celle? Essi non si piegarono! Essi vissero, noi vivemmo ai margini della società da veri ribelli, da Iconoclasti intransigenti, oppure non curanti di ciò che poteva essere la tragedia finale.

Ed è a questo pugno di coscienti "Protestatari neri", o caro «Libertario», che oggi invio dalle tue colonne - dopo aver profondamente ringraziato Te e tutta quella schiera di compagni anarchici e amici socialisti per la massima solidarietà morale e materiale prestatami durante il mio vagabondaggio illegale e la mia... legale prigionia - un mio più fervido e fraterno saluto dicendo a loro: "Siate orgogliosi e fieri della vostra azione, perché è solo dalla disubbidienza e dalla rivolta che nasce un fulgido raggio di bellezza umana!"

Salve a voi o anarchici del fatto!

Salve a voi o uomini fratelli!

# L'ESPROPRIATORE

*La mia libertà e i miei diritti sono*
*tanti quanto la mia capacità di potenza.*
*Anche la felicità e la grandezza*
*l'avrò solo in misura della mia forza!*

(Da un libro da me scritto e che
non vedrà mai luce)

L'Espropriatore è la più bella figura maschia, spregiudicata e virile che io abbia incontrato nell'anarchismo. Egli è colui che non ha nulla da attendere. Egli è colui che non ha più nessun altare su cui sacrificarsi. Egli glorifica soltanto la Vita con la filosofia dell'Azione.

Lo conobbi in un lontano meriggio di agosto mentre il sole ricamava in oro la verdeggiante Natura che, profumata e festante, cantava gioconde canzoni di pagana bellezza.

Mi disse: "Fui sempre uno spirito inquieto, vagabondo e ribelle.

Ho studiato gli uomini e la loro anima nei libri e nella realtà.

Li ho trovati un impasto di comico, di plebeo, di vile. Ne sono rimasto nauseato. Da una parte i biechi fantasmi morali, creati dalla menzogna e dall'ipocrisia che dominano. Dall'altra parte le bestie sacrificali che adorano con fanatismo e con vigliaccheria. Questo è il mondo degli uomini. Questa è l'umanità. Per questo mondo, per questi uomini e questa umanità, io sento ripugnanza. Plebei e borghesi si equivalgono. Sono degni l'uno dell'altro. Il socialismo non è di questo parere. Egli ha fatto la scoperta del *bene* e del *male*. E per distruggere questi due antagonismi ha creato altri due fantasmi: *Eguaglianza* e *Fratellanza* fra gli uomini...

"Ma gli uomini saranno uguali innanzi allo stato e liberi nel Socialismo... Egli - il socialismo - ha rinnegato la Forza, la Giovinezza, la Guerra! Ma quando i borghesi, che sono i pezzenti dello spirito, non vogliono saperne di essere uguali ai plebei, che sono i pezzenti della carne, allora anche il socialismo ammette, piagnucolando, la guerra. Sì, anche il socialismo ammette di uccidere e di espropriare. Ma in nome di un ideale di eguaglianza e di fratellanza umana... Di quella santa eguaglianza e fratellanza che incominciò da Caino e Abele!...

"Ma col socialismo si pensa a metà; si è liberi a metà; si vive per metà!... Il socialismo è intolleranza, è impotenza di vivere, è la fede della paura. Io vado oltre!

"Il socialismo ha trovato *bene* l'eguaglianza e *male* la disuguaglianza. Buoni i servi e cattivi i tiranni. Io ho varcato le soglie del bene e del male per vivere intensamente la mia vita. Io vivo oggi e non posso aspettare il domani. L'attesa è dei popoli e della umanità, perciò non può essere affare mio. L'avvenire è la maschera della paura. Il coraggio e la forza non hanno avvenire per il semplice fatto che sono essi stessi l'avvenire che si rivolta sul passato e lo distrugge.

"La purezza della vita procede soltanto con la nobiltà del coraggio che è la filosofia dell'azione."

Osservai: "La purezza di questa tua vita mi sembra rasentare il delitto!"

Rispose: "Il delitto è sintesi suprema di libertà e di vita. Il mondo morale è il mondo dei fantasmi. Là vi sono spettri e ombre di spettri: là vi è l'Ideale, l'Amore universale, l'Avvenire. Ecco l'ombra degli spettri: là vi è ignoranza, paura, vigliaccheria. Tenebra profonda. Forse tenebra eterna. Anch'io sono vissuto, un giorno, là in quella tetra e lurida prigione. Poi mi sono armato di una torcia sacrilega per incendiare i fantasmi e violentare la notte. Quando sono giunto presso i rugginosi cancelli del bene e del male li ho furiosamente abbattuti e ne ho varcato le soglie. La borghesia mi ha lanciato il suo anatema morale e la plebe idiota la sua morale maledizione.

"Ma l'una e l'altra sono umanità. Io sono un uomo. L'umanità è la mia nemica. Lei vuole stringermi fra i suoi mille tentacoli orrendi. Io cerco di strappare a lei tutto ciò che necessita alle mie brame. Siamo in guerra! Tutto ciò che ho la forza di strapparle è mio. E tutto ciò che è mio lo sacrifico sull'altare della mia libertà e della mia vita. Di quella mia vita ch'io sento palpitare fra le crepitanti fiamme che mi divampano nel cuore; fra quello strazio selvaggio di tutto l'essere mio che mi gonfia l'anima di divine bufere, e che mi fa echeggiare nello spirito scroscianti fanfare di guerra e polifoniche sinfonie di un amore superiore, strano e sconosciuto; che mi empie le vene di un sangue rigoglioso e gagliardo, che sparge in tutto l'involucro dei miei muscoli, dei miei nervi e della mia carne, fremiti diabolici di tripudiante espansione; di quella mia vita ch'io intravedo attraverso la folle visione dei miei fantastici sogni, bramosa e bisognosa di sviluppo perenne. Il mio motto è: camminare espropriando e incendiando, lasciando sempre dietro di me urli di morali offese e tronchi di vecchie cose fumanti. Quando gli uomini non possiederanno più le ricchezze etiche - unici reali tesori davvero inviolabili - allora getterò i miei grimaldelli. Quando nel mondo non vi saranno più fantasmi, getterò la mia torcia. Ma questo avvenire è lontano e forse non è! E io sono un figlio di questo lontano avvenire, piombato su questo mondo dal *Caso* alla cui potenza io m'inchino".

Così mi disse l'Espropriatore in quel lontano meriggio d'agosto mentre il sole ricamava in oro la verdeggiante Natura che, profumata e festante, cantava gioconde canzoni di pagana bellezza.

# NEL CERCHIO DELLA VITA

*in memoria di Bruno Filippi*

*Le persone che desiderano essere*
*se stesse non sanno mai dove vanno.*
...................................................
*Il risultato ultimo della sapienza*
*consiste nel riconoscere che*
*l'anima di un uomo è inconoscibile.*

OSCAR WILDE

Senza essere un simulatore di rabbioso "cinismo" papiniano o un superficiale e profumato "voluttuoso" alla Guido Da Verona; senza sentirmi sulle labbra l'ironico scetticismo e la dolorosa amarezza di Mario Mariani, sento ed affermo che la vita non può essere degna di tutto questo nome se non è vissuta da Artisti, da Ribelli e da Eroi!

Schopenhauer ne' suoi poderosi e paurosi volumi di metafisica, si sofferma a dimostrare che la vita è dolore e che per ciò non meriterebbe la pena di viverla. Ma l'Arte attinge dall'umano dolore i più profondi e lirici palpiti per sublimare la Bellezza eroica che nella divinatoria esaltazione del *simbolo* trasfigurato dalla gioia creatrice ci insegna la purezza selvaggia che irradia lo spirito amante, che insegna ad amare follemente la vita. Se la politica, il socialismo, il cristianesimo, la logica, la coerenza, il diritto, il dovere, il giusto e l'ingiusto, il bene e il male, la verità e la giustizia, sono ormai cose noiose, vuote e sonnecchianti, larve impallidite e svanite sotto il sole, antropocentrico dell'*unico* negatore, parodie di una morente civiltà che ci ispirano nausea, ripugnanza e disprezzo: l'Arte c'insegna il grande amore alla vita. Abbiamo il bisogno di amarla "fino all'annientamento dell'essere". Il *Dolore* e lo *Strazio* sono per l'Arte pure sorgenti di palpitante Bellezza.

È negli abissi sulfurei del Dolore che l'Arte tiene abbarbicate le sue luminose radici per poter lanciare la verdeggiante felicità delle sue fronde su in alto fra il misterioso contrasto dei venti in una danza di Sole e di Luce ove i sogni, la speranza e la Bellezza si fondono in un tragico canto di felicità e di Grandezza.

Sì! Ogni culmine che, bianco di neve, canta polifoniche sinfonie di musica e di poesia, d'amore e di bellezza, su in alto, fra la purezza eterea della luce e le dorate e bionde carezze del Sole, viene pure da un abisso di tenebra. Così è la Vita!

Il Dolore è il nostro abisso creatore; la Gioia e la Felicità è il nostro sogno possente!

Anche se il Dolore non ci rendesse migliori "io penso - dice Nietzsche - che ci renderebbe più profondi".

E nella misteriosa profondità dell'essere nostro si travaglia e si nasconde l'inconoscibile enigma che, ora per ora, istante per istante, si tramuta da *incognita* emozione, in *cognito* pensiero luminoso e splendente che folgoreggia i suoi raggi saettanti sui vergini e purpurei culmini della conoscenza rivelatrice. Ed allora come vaste e scintillanti teorie di stelle vaganti nella tersità di una notte serena, si specchiano nell'azzurrità profonda di un mare tranquillo, così la felicità da noi, e per noi stessi creata, si specchierà sorridente nel mare triste del nostro dolore: di quel nostro dolore che ci ha dato la Vita!

"Noi dobbiamo incessantemente partorire i nostri pensieri dal nostro dolore, e dare a loro materialmente ciò che in noi è di sangue, di cuore, di fuoco, di piacere, di passione, di tormento, di conoscenza, di destino e di fatalità.

"Vita è per noi mutare in luce e fiamma tutto ciò che noi siamo e tutto ciò che ci tocca, senza mai poter altro fare".

Questo è il cerchio - forse troppo stretto - della Vita, ove noi incessantemente ci dibattiamo senza mai poterne uscire se non attraverso le silenziose vie della Morte!

Non è la Morte però che ci mette spavento o terrore! Anzi...

Noi che veniamo verso l'Ignoto dell'eternità ed andiamo verso l'eternità dell'Ignoto, abbiamo imparato a considerare la Morte come un istante qualsiasi della nostra Vita. Ed è questo il nostro più bello, il nostro più sublime mistero!

Questa è l'ultima delle conoscenze. L'inconoscibile!

Ed è da questa nostra inconoscibile unicità che si sprigiona la possente voce diabolica delle nostre fameliche brame.

Brame di giovane carne avida di piacere, grido dello spirito anelante a libertà sconfinate, a voli folli dell'anima attraverso l'Ignoto inesplorato e lontano; a urli e a feroci bestemmie del nostro galoppante e vagabondo pensiero cozzante nei muri troppo misteriosi dell'eternità con canti trionfali e dioniasiaci d'una Vita intravista attraverso il delirio di un sogno: di un sogno composto di un Tutto, disperso e vagante in un Nulla. E nel Nulla ci attende la Morte.

Quella Morte è *nostra* come *nostra* è la Vita. Quella Morte che amiamo!

Ma non si può scendere nella tomba col cuore gonfio di tristezza e di pianto. Occorre prima avere intensamente vissuto da Artisti, da Ribelli e da Eroi, senza essersi bagnati mai nelle amare acque del pentimento che scorrono nei fiumi cristiani. Il vero peccatore originale e geniale non può morire affogato nei gorghi melmosi d'un più melmoso rimorso, ma bensì avvolto nella rossa fiammata di un più grande peccato. Prima di morire occorre avere consumato fin l'ultima guizzante scintilla del nostro rigoglioso pensiero, aver fatto del mondo una festa e dell'Azione un godimento infinito.

Prima di morire - come dice Emerson - bisogna sentire tutte le cose divenire familiari, tutti gli eventi utili, tutti i giorni santi, tutti gli uomini divini. Poi? "Poi viene la nausea, la ripugnanza, lo schifo", dice Bruno Filippi, e allora "si osa", e osando si va, con lo spirito sereno e terso, verso il regno silente della Morte ove l'anima si disperde nell'immensa pace del Nulla e la materia si scompone per vivere negli atomi un'altra forma di vita sconosciuta. Ma anche la Morte deve essere per noi una vigorosa manifestazione di Vita, d'Arte e di Bellezza!

L'Eroe della Vita va verso la Morte accompagnato dalla marcia tragicamente trionfale della dinamite e il capo cinto di fiori.

Sì, chi ha voluto e saputo vivere da Ribelle e da Eroe vuole la libertà d'essere arso in una bella fiammata accesa da un più grande peccato acciò che il preludio della Morte altro non sia che un verso melanconico e dolce baciante una rossa aurora ove risuona *la voce d'Orfeo sintesi dei singhiozzi di Prometeo* e delle risa bacchiche e scroscianti di Dionisio.

Io ammiro Corrado Brando con iconoclastico entusiasmo e atea religiosità, anche se il suo creatore non ha saputo morire a tempo ed ha lasciato cadere sulla sua anima ardente la pioggia lunga del tempo che lo ha miracolosamente logorato ed avvizzito; anche se, per crearlo, ha avuto bisogno di ubbriacarsi alle vergini e pericolose sorgenti zarathustriane zampillanti sui misteriosi culmini della gaia e gioconda solitudine nietzschiana; anche se innanzi a Lui fuggono inorriditi i *catoncelli stercorarii* di quella Taide putrida, di quella Circe odiosa che nomasi Morale. Perché "Corrado Brando non à glorificato il delitto come pretendono i grassi e sottili Beoti, ma son manifeste - con i segni propri dell'arte tragica - l'efficacia e la dignità del delitto concepito come virtù prometea". Ma mentre ammiro questa vigorosa creatura sbocciata rigogliosamente a traverso il pagano mistero dell'arte omericamente tragica che, simbolo di sublime bellezza eroica, s'innalza sopra il cielo dell'Ombra e della Notte come fatale annuncio d'una splendente aurora di sangue, di fuoco e di luce, vedo staccarsi dalla grigia penombra della realtà «L'Individuo anarchico», "colui che non obbedisce che alla propria legge" per "aprirsi il passo a colpi di bombe" e vivere la propria vita gridando come il Dio della parabola ryneriana: "Io t'amo e liberamente ti voglio o mia NECESSITÀ".

È Bruno Filippi! Lo spirito si è fatto Pensiero, il Pensiero si è fatto carne per ritornare simbolo! Il tragico Eroe dell'azione si è fatto l'artista della vita per tramutarsi in Poeta del fatto, forte ed implacabile come la fatalità del Destino. Anch'Egli, colla sua azione, ha detto come l'Eroe dannunziano: "La prova della mia dignità è nel miracolo invisibile". E come in Corrado Brando era in Lui l'ebbrezza della volontà accumulata simile alla frenesia dionisiaca. Anch'Egli come il protagonista del *Più che l'amore* insegna a noi il *furore e il turbine,* perché è anche in *Lui* "la tempesta ha sollevato tutte le forze dell'anima ed agitandole le ha sbattute e schiacciate contro un solido muro di granito". Egli, come tutti i pochi frenetici amanti della Vita, fu un Poeta eroico del fatto che nell'autodistruzione di sé e del suo *Male* à creato un tragico canto al "trionfo della volontà imperitura" al culto della Gioia eterna e dell'eterna Bellezza. Egli ha votata tutta la fiamma corrodente e luminosa della sua anima ardente dolorosa e straziata. Egli, Bruno Filippi, nel delirante impeto del proprio annientamento, ha voluto far confessare alla Vita il più intimo e sublime Peccato. Poi si è disciolto nel *Nulla* rimanendo per noi un Tutto luminoso e vagante che mormorava incessantemente: «Osare, osare!». Ed al grido disperatamente sereno di questa simbolica voce ventenne ci sembra che la pagana terra romanticamente profumata ci sorrida di un lirico ed amoroso sorriso dicendoci: "affrettate il destino e venite a riposare sul mio turgido seno gonfio di germi fecondi". Bruno Filippi questa voce l'udì poiché era un Poeta. L'udì e le rispose: «O buona terra!... verrò, verrò il gran giorno e tu mi accoglierai fra le braccia, buona terra odorosa, e farai germogliare sul mio capo le timide viole!». Ora che Bruno Filippi ha portato nel sepolcro tutte le rose e i pensieri germinati nel vermiglio giardino dalle sue venti primavere esultanti di forza e giovinezza, di volontà e di mistero, noi diciamo con l'autore del poema eroico: «O Terra, riprendi questo corpo e ricordati che fu potente pe' tuoi futuri travagli». Poiché rivedo in Lui la "necessità del crimine che grava su l'uomo deliberato di elevarsi fino alla condizione titanica".

Chi era? Dove andava?

Stolti! E voi dove andaste? E voi dove andate?

Egli si spezzò spezzando le catene che voi nella vostra molteplice qualità di pericolosi dementi vigliaccamente e odiosamente coalizzati ribadiste *logicamente* e *moralmente* ai suoi ribelli polsi ventenni per infrangere la sua *Unicità*, il suo mistero perché era a voi inconoscibile come appunto deve essere l'anima complicata di chi si sente perfetto.

Bruno Filippi odiava. Ma le forze dell'Odio non infransero in Lui le potenze dell'Amore. Egli s'immolò in un amplesso fecondo colla Morte poiché amava follemente la Vita. Di Lui abbiamo il bisogno ed il diritto di dire quello che fu detto del simbolico eroe dannunziano. «Che gli schiavi della piazza si voltino in su e si ricordino!».

———

# PARABOLA

Sì: io sono un essere multiforme e una realtà complicata!

È solo nello specchio dei passati ricordi e nei sogni dell'avvenire ch'io posso penetrare, contemplare e comprendere la vera e profonda essenza di questo enigmatico e misterioso essere mio.

Uomini, o miei cari fratelli perduti e rinnegati, in verità io vi dico che sono un egoista donatore; ma a voi non posso offrire che l'ombra di me stesso. Se a voi preme trovarmi, io abito dietro quest'ombra. Io abito la casa ridente del più gioioso dolore. Ma ditemi, o miei fratelli, ditemi amici miei: chi mai di voi seppe sempre resistere all'occhio del Demonio tentatore, all'occhio del Serpente peccatore?

Fratelli, io sono il *Male*, il Grande, il Vero, il Magnifico Male!

Guardate l'ombra mia. Io vivo dietro lei cullato dolcissimamente dalle invisibili braccia della mia amante eterea, della mia divina e infernale follia (l'hanno chiamata così perché è nata da un folle amplesso avvenuto nei boschi sacri al Dolore, fra il *Sogno* e l'*Immaginazione*, fra la *Materia* e l'*Idea*). Ma ella non è, come la Morte, una amante di carne bianca e odorosa. O fratelli, no! Le vostre amanti di carne vi hanno perduti. La mia di spirito e luce mi ha esaltato, trasfigurato, purificato e redento...

O Ombra! O mia Ombra, salvami tu ora dal cinico sguardo dei miei fratelli rivali, poiché il *Male* e la *Follia*, strettamente abbracciati, danzano ora dentro il più profondo e luminoso abisso di questo essere mio.

Oh, quanto è sublime il divino mistero della PAZZIA!

Ora contemplo l'Arco Sacro del fuoco sempiterno. Su questo - con la chioma discinta - vedo ergersi nuda la Vita - la mia Vita - con stretto nel pugno un bacchico Tirso inghirlandato di grappoli biondi e di rose. Or cammina fantasticamente con piedi nudi ed alati sulle libere e ridenti vie dello spirito illuminato da un'alba corrusca di sangue. E corro laggiù, lontano, verso i cocenti raggi meridiani dell'ultimo sole per "imputridire allegramente al suo bacio".

Ecco che giungono i vagabondi solitari.

I Pazzi, i Poeti, gli Eroi.

O ultimi e veri amici miei venite, è tempo, è tempo!

Non vedete laggiù, in lontananza, quella pura Città di bianchissima neve?

O amici, amici, siate forti perché la tragedia si appressa...

Presto vedrete la bianca e pura città liquefarsi sotto l'infuocata potenza del Sole.

Ah, il Sole, il Sole! L'ultimo Fuoco, l'ultima Forza, l'ultima Bellezza, l'ultima maestosa e sacrilega Potenza...

Ma tu, o mia *Follia,* perché mai dunque sogghigni beffardamente così?

Ah, comprendo, comprendo...

Il tuo sorriso è uno scherno. Forse l'ultimo tuo potentissimo scherno?! Forse? Sì, forse...

# LE MIE SENTENZE
### (dal taccuino dei miei pensieri intimi)

DIO - Parto di fantasie malate. Abitatore di cervelli senili e impotenti. Compagno e confortatore di spiriti rancidi nati alla schiavitù. Cocaina per isterici. Pillola per menti stitiche chiuse al sapere. Marxismo per cuori rammolliti.

UMANITÀ - Parola astratta con senso negativo, gonfia di forza e priva di verità. Maschera oscena appicciata sul viso turpe e laido di volgarissimi furbi per dominare il volgo grossolanamente sentimentale degli idioti e degli imbecilli.

PATRIA - Ergastolo spirituale per semi - intelligenti, stalla dell'imbecillità, Circe che tramuta in cani e porci i suoi adoratori. Bagascia dei suoi padroni e ruffiana dello straniero. Mangiatrice dei suoi figli, calunniatrice dei suoi padri e schernitrice dei suoi eroi.

FAMIGLIA - Rinnegazione dell'Amore, della Vita e della Libertà.

SOCIALISMO - Disciplina, disciplina: Ubbidienza, ubbidienza: schiavitù ed ignoranza gravida di Autorità.

Il socialismo è un grosso corpo borghese contenente una volgarissima animaccia cristiana.

È un impasto di feticcismo, di settarismo e di vigliaccheria.

ORGANIZZAZIONE, CAMERE, SINDACATI - Chiese per impotenti. Monte di pietà per pidocchi e stracci. Molti vi sono affiliati per vivere parassitariamente alle spalle dei loro gonzi compagni tesserati. Parecchi per fare la spia. Qualcuno, i più sinceri e credenti - poveri ingenui! - per andarsene in galera ad espiare la vergognosa vigliaccheria di tutti. Il grosso della massa, per pagare, sbadigliare ed attendere.

SOLIDARIETÀ - È il macabro altare sul quale i commedianti di ogni risma salgono a mettere in evidenza le loro qualità sacerdotali e a recitare abilmente la loro messa.

È qualche cosa che il beneficiato non paga mai meno del cento per cento in più della vergognosa umiliazione.

AMICIZIA - Fortunato colui che ha potuto bere a questo calice senza sentirsi lo spirito offeso e l'anima avvelenata.

Se uno di questi uomini esistesse lo pregherei caldamente a volermi inviare la sua fotografia.

Sarei quasi certo di vedermi giungere la faccia di un idiota.

AMORE - Frode della carne a danno dello spirito. Malattia d'anima, atrofizzazione del cervello, sdilinguimento del cuore, corruzione dei sensi, menzogna poetica in cui mi ubbriaco due o tre volte al giorno, ferocemente, per poter consumare più presto questa mia cara e pur così stupida vita. E poi, in fondo, preferisco essere ucciso dall'Amore. È l'unico farabutto - dopo Giuda - che sappia uccidere ancora con dei baci.

UOMO - Un sudicio impasto di schiavitù e di tirannia, di feticcismo e di paura, di vanità e di ignoranza.

La più grande offesa che si possa dare a un asino è quella di chiamarlo uomo.

DONNA - La più brutale di tutte le bestie schiave. La più grande vittima che striscia sulla terra. Ma la più colpevole - dopo l'uomo e il cane - meritevole di tutti i suoi guai. Sarei davvero curioso di sapere cosa pensano di me quando le bacio...

O ciniche prostitute, o espropriatrici audaci, ergetevi voi sopra la putredine ove il mondo sta immerso e fatelo impallidire sotto la luce perversa dei vostri grandi occhi profondi.

Voi siete il sole più bello che oggi il sole bacia. Voi siete di un'altra razza. E l'anima vostra è un canto, un sogno la vostra vita.

Scardinate il mondo o libere prostitute, o espropriatrici audaci. Io canterò per voi. Il resto è fango!

## IL TEMPERAMENTO ANARCHICO NEL VORTICE DELLA STORIA

Nell'anarchismo - in fatto di vita praticamente e materialmente vissuta - vi sono, al disopra dei due diversi concetti filosofici, comunistico e individualistico, che lo dividono nel campo teorico, due istinti spirituali e fisici i quali servono a distinguere due temperamenti di proprietà comune a tutte e due le tendenze teoriche e filosofiche. Pur figli entrambi della stessa sofferenza sociale, abbiamo due istinti diversi che ci danno due diverse sofferenze di origine edonistica.

Vi sono quelli che soffrono - direbbe il Nietzsche - per *esuberanza di vita* (comunisti e individualisti) e vi sono quelli che soffrono d'*impoverimento della vita*. A questi ultimi appartengono quei comunisti e quegli individualisti amanti della quiete e della pace, del silenzio e della solitudine. Ai primi appartengono quei comunisti e quegli individualisti che sentono l'io interiore come un possente fremito dionisiaco traboccante di potenza, e la vita come una manifestazione eroica di forza e di volontà. Sono coloro che hanno il bisogno istintivo ed irresistibile di gettare la fiamma del loro "io" contro le muraglie del mondo esteriore per scardinare e vivere la tragedia. Noi siamo di questi!

Nell'anarchismo ci siamo - prima di tutto - per istinto di origine e per passionalità sentimentale. Le nostre idee altro non sono che ardimentose e luminose creature nate dal monistico amplesso primitivo con la teorica ragione negatrice.

Oggi la storia dell'umanità è giunta a uno - forse il più grandioso - di quei suoi tanti vortici ove l'anima dell'uomo è chiamata a rinnovarsi radicalmente sulle rovine magnificamente orrende del fuoco e del sangue, della catastrofe e della distruzione, o cristallizzarsi vigliaccamente nel decrepito e cadaverico concetto di vita che ci ha dettato e imposto l'anacronistica società borghese.

Se un forte pugno di ribelli, di superiori e di eroi, saprà balzare fuori dalle due correnti dell'anarchismo sofferente di esuberanza vitale per stringersi intorno al nero labaro della rivolta, appiccando il fuoco al cuore di tutte le nazioni d'Europa, il vecchio mondo cadrà perché intorno all'Eroe tutto deve fatalmente tramutarsi in tragedia; e solo nella tragedia nascono gli spiriti rinnovatori che sanno sentire, più nobilmente e più altamente, la canzone festante della loro libera vita.

Se questo pugno di audaci non balzerà fuori dall'ombra per gettare sulla laida faccia della società borghese il nero guanto di sfida e di rivolta, i rettili della demagogia politicantesca e tutti i saltimbanchi speculatori ed ipocriti dell'umano dolore rimarranno essi i padroni del campo e sul tragico sole rosso che cerca illuminare l'oscuro vortice della cupa storia che passa, getteranno l'oscena maschera di biacca portata sul libero orizzonte dell'umano pensiero da quel debosciato arlecchino che nomasi "Marx" e tutto finirà in una commedia turpe e grottesca innanzi alla quale ogni anarchico dovrebbe suicidarsi per dignità e per vergogna.

Per quella parte di anarchici italiani che soffrono di esuberanza vitale; per quella parte di anarchici italiani - individualisti e comunisti - per i quali la lotta, il pericolo e la tragedia è un loro bisogno di spirito e di materia, è giunta l'ora!

L'ora d'imporsi e di dominare. La vera libertà e il vero diritto dell'uomo stanno soltanto nella sua capacità di VOLERE!

Il diritto e la libertà sono la *Forza*!

Ciò che per gli altri è doloroso sacrificio per noi deve essere dono e gioioso olocausto.

Bisogna gettarsi sull'onda del tempo passato, calcare la groppa dei secoli, risalire virilmente la Storia per ribere alle vergini sorgenti dalle quali sgorga ancora, caldo e fumante, il sangue dei primi e liberi sacrifici umani.

Bisogna rientrare, nudi e scalzi, fra le vive pietre della mitica selva leggendaria e nutrirsi, come i nostri padri lontani, di midolle leonine e di selvaggia natura.

Solo così - al pari di Maria Vesta - potremo dire al primo Eroe che seppe stoicamente e serenamente offrire le sue carni alle fiamme rosse d'un lugubre e crepitante rogo nemico: Ora anche noi, come te, possiamo cantare nei supplizî.

La Vita che la società ci offre non è una vita piena, libera e festante. È una vita stroncata, mutilata e umiliante.

Noi dobbiamo rifiutarla.

Se non abbiamo la forza e la capacità di strappare violentemente dalle sue mani quella vita alta e rigogliosa da noi possentemente sentita, gettiamo questa larva sul tragico altare del sacrificio e della rinunzia finale.

Almeno potremo mettere una corona eroica di bellezza sul volto sanguinante dell'arte che illumina e crea.

Meglio salire sulle fiamme di un rogo e cadere con il cranio spezzato sotto la raffica di un incosciente picchetto di esecuzione che accettare questa larva d'ironica vita, che della vita non è altro che bieca parodia.

Basta o amici con la viltà. Basta o compagni con la ingenua illusione dell'"atto generoso delle folle". Basta.

La folla è strame che il socialismo ha messo a marcire nella stalla della borghesia.

Errico Malatesta, Pasquale Binazzi, Dante Carnesecchi e le altre migliaia di oscuri che marciscono in quelle bolgie miasmitiche e micidiali che sono le carceri della monarchia dei Savoia e che i mediagliettati del P.S.I. (Partito socialista italiano) hanno domandato al porcile di Montecitorio il mezzo per costruirne ancora delle altre più vaste, dovrebbero essere per noi tanti spettrali rimorsi, camminanti sotto forme paurose, fra i meandri incerti della dubbiosa anima nostra; dovrebbero essere tante calde vampate di sangue che ci fugge dal cuore per salirci vertiginosamente sopra le linee del volto e coprircelo di fosca vergogna.

Io so, noi sappiamo, che cento UOMINI - degni di questo nome - potrebbero fare quello che cinquecentomila "organizzati" incoscienti non sono e non saranno mai capaci di fare. Non vedete voi, o amici, l'ombra di Bruno Filippi che sogghigna e ci guarda?

Che non ci siano più dunque CENTO ANARCHICI in Italia degni di questo nome? Non ci sono più cento "IO" capaci di camminare con piedi di fiamma sul culmine vorticoso delle nostre idee? Errico Malatesta e tutte le altre migliaia di caduti fra le mani del nemico nei primi preludi di questa tempesta sociale, attendono con nobile e febbrile ansia la folgore che schianta il crollante edificio, che rischiara la storia, che rialza i valori della vita, che illumina il cammino dell'uomo...

Ma la folgore luminosa e fatale non può irrompere dal cuore delle masse.

Le masse che sembravano le adoratrici di Malatesta sono vili e impotenti.

Il governo e la borghesia lo sanno... Lo sanno e sogghignano.

Pensano: "Il P.S.I. è con noi. È la pedina indispensabile per la bieca riuscita del nostro giuoco malvagio. È l'*Abracadabra* che trova forma nella voce *Abracas* ed *Abra* della nostra magica e millenaria stregoneria. Le masse imbelli sono le sue schiave ed Errico Malatesta è vecchio ed ammalato. Lo faremo morire nel segreto buio di una umida cella e poscia ne getteremo il cadavere sulla faccia dei suoi compagni anarchici...".

Sì, così pensano governo e borghesia nel segreto della loro anima idiota e malvagia. Vorremo noi sopportare con indifferenza questa ignobile sfida? Vorremo noi sopportare in silenzio questo insulto sanguinoso e brutale? Saremo noi tanto vili?

Io mi auguro che questi miei tre giganteschi punti interrogativi, così solenni e terribili, trovino nelle file dell'anarchismo una virile risposta che dica: NO! con un terribile rimbombo più terribile ancora...

È dalle cime in fiamme del luminoso vertice che devono scaturire le folgori liberatrici.

Il forte VEGLIARDO attende. Eroici compagni: A NOI!

Il cadavere d'un vecchio agitatore costa sempre più della vita di mille malvagi imbecilli.

Fratelli ricordatelo.

Facciamo che non cada su di noi la più profonda di tutte le umane vergogne


## DEPROFUNDIS E GERMINAL!


Sulle vie crepuscolari dell'epoca nostra morente passa una bara.

È il funerale classico della vecchia arte romantica-sentimentale uccisa dalla violenta, cerebrale arte del futuro.

I giovani artisti ribelli ed innovatori hanno ormai conficcati i lucidi chiodi del loro genio sul nero coperchio della bara in cui giace definitivamente il cadavere dell'arte che fu.

*Deprofundis,* dunque, *deprofundis!*

Anche nella nostra città siamo in attesa di cantare i salmi funerei a quelle ultime larve del passato che al pari della rancida monarchia dei Savoia - si ostinano a voler vivere oltre il loro tempo.

Però, quasi consci - questi passatisti - della cupa fatalità che grava inesorabilmente sul loro capo, non trovano nel loro decrepito interiore neanche il coraggio della lotta. Questo constateranno quasi certamente nel prossimo concorso fra gli artisti spezzini.

Il triste ed oscuro presentimento profetico di questi vecchi *mai* nati, li preavverte che le loro anemiche e grottesche creature prive di ogni ardimento di fantasia immaginatrice, impallidirebbero d'impotenza e di vergogna come appassite zitelle, nate e cresciute ignoranti, tremerebbero d'impotenza ed arrossirebbero di rabbia trovandosi ad un bacetico e voluttuoso convito fra belle e precoci adolescenti libere e spregiudicate.

Ma non varrà la loro fuga, il loro, il loro assenteismo, la loro diserzione a salvarli dalla fine fatale segnata dal loro destino.

Se intervenissero sarebbero vinti implacabilmente, inesorabilmente, indiscutibilmente, vinti come è vinta un'oscura scaglia d'ombra sotto una pioggia calda e dorata di sole meridiano.

Se non interverranno la loro fine sarà ancora più vergognosa ed umiliante.

*Deprofundis!* ripeto. *Deprofundis! Deprofundis e Germinal!*

Fate largo all'impetuoso ardimento geniale e creatore dei giovani ribelli figli dell'avvenire. Gloria al futuro che viene; dimenticanza pel passato che se ne va.

I nostri giovani artisti sono gli stupratori d'albe e di misteri. Sono i forti e sicuri fecondatori di ciò che è, ed i padri di ciò che sarà. Non è colpa loro se la generazione passata non conobbe i decisi ardimenti.

Ma i morti sono morti e i morenti saranno aiutati a scomparire.

Germinal! Germinal!

I nostri giovani sono il caldo e possente meriggio antisentimentale dell'avvenire. Sono i folli e temerari amanti di quella forza che osa e che vuole; di quella massima forza creatrice che in se racchiude il pensiero.

Sono i cerebralisti violenti, cavalcanti i più diabolici e furenti destrieri della loro saggia pazzia.

Gloria dunque al manipolo audace.

Germinal!

# SFERZATA

Signor settario da Lodi.

Ho letto sul n. 13 dell'«Iconoclasta!» - il contenuto volgare e stercorario che voi - sotto il titolo: *Individualismo o futurismo?* - avete voluto compiacervi di vomitare contro di me.

Ecco: che voi foste un socialistoide epilettico lo sapevo fino da quando avevo ancora la francescana pazienza di leggere i vostri aborti scientifico (?) - filosofici (???) tutti verminati di moralina putrida.

Che voi foste un bavoso gesuita settario e impotente me ne accorsi fino da quando io - con quella serena e sicura superiorità che mi caratterizza - risposi con uno scritto amichevole ed ultra sereno (scritto col quale accarezzai per fino la vostra vanità per indurvi ad accettare una discussione) a quell'attacco bilioso e stupido da voi a me diretto. Risposta innanzi alla quale fuggiste vigliaccamente non trovando neppure più - causa la vostra orgogliosetta impotenza - la forza di confessare la vostra incapacità polemica a sostenere quello che erroneamente pensate! Che voi vi crediate (more solito) un piccolo padreterno dell'anarchia senza averne compreso neppure l'abici è un fatto che ormai devono sapere anche i bambini: che voi siete un caco isterico geloso della mia penna se ne sono accorti - e sono arrossiti di vergogna per voi - anche parecchi simpatizzanti lettori.

Che l'anima vostra sia un lurido impasto di morale manzoniana bigotta e clericale satura d'intolleranza cristiana antianarchica ed antilibertaria è una cosa di cui, se non erro, dovete esservi accorto pure voi: che voi siate un cieco e fanatico adoratore della filosofia (???) ministeriale reazionaria ed antianarchica di quell'equivocante quadrumane del pensiero e dell'arte che corrisponde al nome di Benedetto Croce è una logica conseguenza della vostra inferiore mentalità di pachiderma del pensiero volitivo e di mummia cristallizzata dell'intellettualità.

Che voi cerchiate di rafforzare la vostra tesi (???) coll'appoggio di quel tal signor Max Nordau che tutti i perfetti idioti celebrano come un «Grande» perché è stato uno dei più grandi calunniatori del genio e dell'arte è un'altra logica conseguenza della vostra rachitica incapacità a comprendere le alture e le profondità delle anime più raffinate e più rare. Che voi abbiate trovato posto nell'anarchismo è anche questa - causa la quasi incapacità degli anarchici a saper bene distinguere - una cosa naturale. Ma che non è naturale, né anarchico né umano è quel vostro idiota cinismo che osate verso di me. Voi, dimenticandovi che avete da saldarmi quel vecchio conto d'oro e di sole, me ne aprite un altro di sterco e di fango. Certo cinismo incosciente è per me inconcepibile. Voi chiamate i miei scritti - che colla vostra inferiore mentalità di occhialuto pedante moralista non potrete comprendere mai - «deliri letterari (?)» (come dimostra tutta l'impotenza della vostra rabbia infelice quello stupiduccio punto interrogativo messo là tra parentesi!) «prose vuote e pazze» ecc. ecc.

E dopo avermi paragonato (oh come la vostra profondità vi rende divinatore...) ai decadenti alcoolizzati ed inebetiti sconvolti dall'oppio e smidollati dalle sirene (sarete mica voi per caso Camillo, anche un CASTRATO fisicamente oltre ad esserlo spiritualmente?) vi compiacete pure classificarmi «grafomane» e «megalomane».

Io invece - per pareggiare bene i miei conti con voi - vi classificherò STERCOMANE. Classifica, questa, che dò senza tema di dovermi smentire.

Ho quasi la ferma convinzione di avervi servito come meritate e di avervi accontentato oltre ogni dire.

Cercavate un bel maschio forte e virile sano di corpo e di mente che sapesse bene maneggiare la sferza per frustare un po' la vostra senile mentalità floscia ed avvizzita e lo avete trovato.

Siatene tanto riconoscente al vostro Max Nordau ed al ministro Benedetto Croce vostro ispiratore e maestro di morale. Quanto a me sono un ANARCHICO, vale a dire: un AMORALISTA.

E la vostra morale mi fa schifo.

Ed ora, prima di far punto, mi faccio il dovere di rendervi noto che non ho più né tempo né pazienza da perdere con voi. Questa volta ho voluto essere indulgente e farvi quella réclame da voi tanto agognata. Ma ora basta!

Alle vostre sbrodolature di isterico settarista, risponderanno soltanto le note alte e solenni del mio sprezzante silenzio. Peggio per voi se non accorgendovi della vostra vanitosa presunzione continuerete a credervi un professore di scienza e d'anarchismo.

Perché, badate: voi volete epurare l'anarchismo dai «pazzoidi». Ma gli scemi oltre ad essere dei poveri disgraziati muovono quasi sempre a compassione.

E voi - ben lo sapete - siete proprio fra questi!


## UNA "FEMMINA"


*Io t'amo sopratutto quando la tua gioia fugge dalla tua fronte oppressa; quando il tuo cuore si annega ne l'errore; quando sul tuo presente si stende la nube orribile del tuo passato.*

CARLO BAUDELAIRE

Io sono un poeta strano e *maledetto*.

Tutto ciò che è *anormale* e *perverso* esercita su me un morboso fascino.

Il mio spirito - farfalla velenosa dalle sembianze divine - è attratto dai peccaminosi profumi che emanano i fiori del male.

Oggi canto la bellezza perversa di una «Femmina», di una *Femmina* nostra che non ho mai posseduta e che non possederò mai...

Ella cammina ora senza un nome, dimenticata ed ignorata attraverso le ariose vie della vita con chiuso nel cuore un così cupo e profondo dolore che l'innalza al di sopra della *Donna* e la rende divina.

Questo gran fiore del male - contaminato e contaminatore - racchiude ancora in sé una purezza umana da sublimare tutta una vita e divinarla.

Femmina!

Sì, forse!...

Intorno al suo nome circola una strana leggenda. Dice che il di lei corpo bello e peccaminoso spasimò tra le braccia dei vagabondi e dei ladri, dei nottambuli e dei poeti, dei ribelli e degli eroi...

Tutti i mostri della notte conoscono i voluttuosi segreti delle sue carni bianche...

Tutti gli assetati d'amore hanno bevuto i suoi baci...

Ma ovunque Ella è passata ha lasciato cuori feriti e anime sanguinanti; carni piangenti e spiriti in rivolta...

Perché Ella - la Folle - fu - come il poema di Zarathustra - un Arpe dionisiaca di voluttà per tutti e per nessuno...

Mentre il di lei corpo peccaminoso e fremente giaceva avvolto in voluttuosi spasimi sul letto dell'amore travolto negli abissi della gran dedizione, il di lei spirito inquieto, vagabondo e ribelle, vagava attraverso le sterminate regioni dell'infinito per dar corpo e forma ad un'impalpabile sogno etereo. La sua anima ammalata di solitudine e di lontananza non si lasciò mai travolgere dalla febbre spasmodica della insaziabile carne.

Ella non amò che se stessa...


Qualcuno tra coloro che strinsero tra le loro braccia il corpo odoroso e perverso di questa «Femmina» bianca gettò nel suo grembo - purtroppo fecondo - i germi fatali di un'altra infelicissima vita. La «Femmina» sotto l'imperioso comandamento della natura divenne *Madre*. E la società che fu ingiusta, vendicativa e crudele, verso la *Femmina*, lo fu anche contro la *Madre* e contro lo stesso bambino. Egli - solo e impotente - fu lanciato tra la travolgente tempesta della vita in preda alla più triste solitudine materiale di miseria e di disperazione.

La madre, sola, derisa, perseguitata, maledetta, schernita. Lui, triste e melanconico. Figlio d'una vittima, fu vittima prematura a sua volta.


Fisso lo sguardo nell'alba misteriosa di quest'anima di Femmina strana per raccoglierne i rottami dispersi e ricostruirne il segreto.

So che sotto la dionisiaca giocondità di queste creature perverse e scapigliate, scorre quasi sempre un filo sottile di mistica malinconia...

Attraverso la mia poetica fantasia ricostruttrice la vedo vergine adolescente quando la prima volta il sole caldo e perverso della voluttà e del piacere s'immerse come una lama d'oro nelle sue carni pulsanti di desiderio, facendole risuonare nell'anima il grido irresistibile della giovinezza esuberante: *amore, amore, amore!*

Forse era un'aurora tiepida e bionda; forse era un crepuscolo rosso.

Ella si concesse al primo amplesso d'amore, e da quel giorno il suo corpo bianco fu un'Arpe di voluttà, un poema di piacere in preda alle fiamme pagane; un inno d'ebrezza cantato al di là del bene e del male, ove li spiriti liberi celebrano il rito iconoclastico alla gioia del vivere umano.

Ma sotto la dionisiaca giocondità di questa creatura perversa e scapigliata scorreva un filo sottile di mistica melanconia.

Un giorno - forse uno di quei tristi giorni che gli astri a mezzo di quelle forze occulte e magnetiche che preannunciano all'essere l'oscura fatalità del proprio destino - in una via formicolante di popolo d'una grande città rumorosa tre o quattro colpi di pistola echeggiarono sinistramente.

Un pallido adolescente giunto sul culmine orrendo della più tragica disperazione prima di cadere esausto e vinto sul fango della via volle fare udire il rombo cupo della sua protesta all'insensibile umanità che tutto ignora.

Cosa tragica e triste.

Insieme ad un membro della colpevole umanità cadde un compagno di rivendicazione.

Chi era il pallido adolescente che tramutò la sua esile mano di giglio bianco in artiglio vendicatore?

Il figlio della *Femmina* ribelle: della spregiudicata!


Alla tragica annunciazione, la *Femmina perversa* si ripiegò su se stessa come un melanconico salce piangente sotto l'imperversar dell'uragano e si purificò nel gran dolore della *Madre* ferita a morte nel più intimo, caro e segreto di tutti i suoi affetti! Quel voluttuoso fiore del male si lavò l'anima, forse impura, ma bella, nella divina e benedetta rugiada del pianto, e divenne fiore di lilia e bellezza pura e incontaminata.

Quell'anima sua insensibile che forse nessuno possedette mai per intiero, era riservata a raccogliere il grande dolore che lo stesso figlio delle sue viscere doveva arrecargli per vendicarla, mentre si vendicava.


La «Femmina» scapigliata e gioconda è oggi la Madre solitaria che chiusa nel cerchio del proprio dolore, muta e tragica come un'impenetrabile sfinge cammina senza un nome attraverso le velenose vie della vita, forse a perdonare; forse a maledire...

La furibonda Anarchia del suo libero istinto si è fusa nella raffinata sensibilità del suo nuovo sentimento di madre, e dalla condensazione di questi due elementi profondamente umani deve ora scintillare una spiritualità così affascinante da irradiare le più sconosciute costellazioni del dolore umano.

Io spalanco la bocca verso l'ignoto e chiamo a gran voce questa *Femmina-madre* per salutarla col nome di *Sorella!*

La«donna»?

Che me ne importa!

Questa Femmina vive oggi al di sopra di lei: in una vetta più alta!

Io amo le creature scapigliate e gioconde sotto la di cui dionisiaca paganità scorre sempre un filo sottile di mistica malinconia. E le amo maggiormente quando sul loro presente si stende la nube orribile di tutto il loro passato...

# L'AMICIZIA E GLI AMICI

Un "Uomo" mi ha detto: "Non comprendo le tue idee e la tua maniera di pensare non l' appprovo; però non ti credo assurdo". Senza rispondergli mi sono scansato da lui e ho continuato la mia passeggiata nel marciapiede opposto.

Perché? Semplicemente: perché ho riscontrato ancora una volta che non è giunta l'epoca che un amico possa dire al suo prossimo: "Non mi interessano le tue idee, né il tuo pensiero; ma ammiro ed apprezzo il complesso misterioso della tua individualità". Quando l'uomo saprà pronunciare con la viva voce della sincerità questa ed altre parole per esprimere diafanamente, senza veli, il suo pensiero, si sarà tracciato il cammino che lo condurrà nel regno dell'amicizia e dell'amore.

La nostra epoca è fatta di odio mimetizzato e di una guerra bassa e insidiosa: tutte le parole di Amore e di Amicizia sono profumati veli ma nascondono l'avvelenato acciaio che non procura altro che dolori e lacrime.

Quel "non ti credo assurdo" del mio interlocutore dimostrava, con tutta evidenza, quello che nascondeva dietro la sua apparente benevolenza. Perciò ho lasciato l'individuo senza risposta e mi sono scansato da lui.

Io credo che quando non sia possibile fidarsi dell'amicizia di un essere, il meno che si possa fare è dichiararsi suo nemico.

Apprezzo sinceramente coloro che respingono le affettuosità del mio cuore. Essi sono degni della mia spada. Debbo essere chiaro: posseggo un cuore e una spada, e tanto all'uno come all'altra piace essere prodighi.

Un giorno un "Amico" mi disse: "Quello che scrivi o dici m'importa solo relativamente, però m'interessa molto apprezzare ciò che senti. E credo che nella espressione dei tuoi sentimenti difetteranno le parole... e così troverai il modo che nessuno ti comprenda".

"Non parlare dunque, e lascia che ti guardi negli occhi dove leggerò la tua intimità e cercherò d'indovinare il tuo stato d'animo!"

Socchiuderò le palpebre affinché non sia possibile penetrare nel profondo delle mie trasparenti pupille, perché non si possa scrutare nel fondo della mia anima. Conosco, per esperienza, la pericolosità dell'indovinare. Nel segreto del mio cervello penso che *possibilmente* quel giorno finirò col perdere un "Amico".

Oggi, quando gironzolavo in cerca di qualche disperso relitto della mia taglia, ho trovato... un amico.

Però, posso credere in che cosa sarà duratura questa amicizia?

Simile interrogativo non è frequente in me, e più difficile è dargli la sua risposta. Mi viene fatto di pensare quasi con sicurezza che mentre io scruto nelle mie supposizioni, egli rimane calmo, e fra breve non sarà più amico mio. L'amicizia è una cosa tanto tenue, tanto appariscente, una cosa tanto scarsa, che trovo quasi giustificato che certi individui rinuncino a cercarla. Grideranno al titolo di *misantropo?* No! In tutti i casi sono dei solitari!

Io sono di questi, perché odio gli uomini che fanno legge del vivere in comunità, mentre apprezzo coloro che sanno restar soli.

Il sentimento della solitudine è il più elevato fra tutti i sentimenti umani. Appartiene allo stesso tempo alla forza e alla bellezza.

Inoltre i solitari sono gli uomini che più benefici hanno sparso sopra l'umanità.

Ed è per ciò che l'Umanità "riconoscente" li disprezza.

In sintesi: il solitario sceglie pochi amici, perché gli ripugna l'ipocrisia e la menzogna.

# PARTE II

*Sopra l'arcobaleno del Sole
il Folle la vita cavalca.
La Gloria con occhio perverso
lo guarda dal Vertice estremo.*

Novatore

Editoriale

## *A GUISA DI RAPPRESENTAZIONE*

Io non annuncio e non prometto nulla.

Troppi sono i bugiardi profeti che annunciano agli uomini la possibilità di una nuova vita e ancor di più sono i volgari plebei dello spirito che promettono al mondo - novelli Gesù - con il loro sangue irredento...

Chi sono? Non lo so! Non posso definirmi...

So di essere un impasto di Modestia e di Orgoglio, di Saggezza e d'Ignoranza, di Vizio e di Virtù, di Viltà e di Eroismo, di Luce e di Tenebra, di Logica e di Assurdità.

Sono un essere sospeso sopra l'abisso di una profondità inesplorata, con l'occhio fisso verso un lontano culmine che forse è una chimera.

So che vi sono in me delle vette assolate e fiorite come fantastici giardini d'estate, e delle tenebrose caverne che mai videro il sole. Ho trovato degli AMICI che mi assomigliano un poco per la ragione ch'io somiglio un poco a loro, e di comune accordo abbiamo deliberato di costruirci assieme una casa di cristallo sulle rocce di un VERTICE.

Non per questo per ciò crediamo Dei.

Ma vi sono delle Aquile e dei Serpenti che, come gli Dei, amano le vergini alture... E noi siamo fra questi!

Animali dunque, ma animali da Vertici! Animali che accovacciati in posture strane fra i cespugli simbolici della veramente libera Arte, coltiveremo i fiori velenosi della Bellezza pura anche se le scimmie, abitanti le basse paludi sociali, lanceranno verso il nostro nido di violenti solitari il loro anatema impotente e le loro rauche ridicole maledizioni.

La mia dichiarazione è finita, ma io non mi sono definito...

So che una dichiarazione di questo genere avrebbe il diritto di farla anche il più umile di tutti i mortali. Ma oltre questo so pure che anche il più fulgido genio - oltre averne il diritto - dovrebbe sentirne il più assoluto DOVERE.

# AL DI SOPRA DELLE DUE ANARCHIE

Il pensiero sociale saturo di dinamica rivoluzionaria che irradia il concetto politico-sociale dei comunisti libertari irrompe attraverso l'universale profondità del dolore umano per intrecciarsi in un quasi monistico amplesso con l'altro più alto e vasto concetto psichico-spirituale dell'individualismo anarchico anelante alla definitiva e radicale anarchia.

Ma essendo l'Anarchia un "assoluto finale" in piena armonia con l'infinito ideale ed il comunismo un "relativo" trapasso giuridico sociale sboccante nell'empirismo economico - perciò preludio e promessa ma non musicale armonia di piena e finale epopea - avviene che i rigogliosi figli delle due correnti teoretiche del divenire sociale continuano ad accapigliarsi ancora a vicenda contendendosi - or tempestosi ed or sereni - il patrimonio filosofico - spirituale della pura Anarchia. È l'antico dualismo che, rivestito di logica apparente, si aggira ancora nel cerchio vizioso ove la giostra del dogma e dell'utopia rotea sull'asse infausta del sogno che la verità deforma e trasfigura la vita.

Ed è da questo cerchio vizioso, ove nessuna delle due parti ha ancora osato arditamente di uscire, ch'io voglio definitivamente svincolarmi per poscia immergermi nel bagno di un nuovo sole.

L'anarchico che aspira al comunismo e l'individualista che aspira all'Anarchia non si accorgono di essere ancora stretti, violentemente, fra i ceppi della sociologia castratrice e fra le fauci dell'umanesimo che è un viscido impasto di non-volontà individuale e di morale pseudo-cristiana.

Chi accetta una causa sociale, collettiva ed umana, non è nella pura Anarchia del libero istinto vergine e originale dell'antropocentrico inassimilabile e negatore.

Io - anarchico e individualista - non voglio e non posso sposare la causa del comunismo ateo, perché non credo nella suprema elevazione delle folle e perciò nego la realizzazione dell'Anarchia intesa come forma sociale di umana convivenza.

L'Anarchia è negli spiriti liberi, nell'istinto dei grandi ribelli e nelle anime grandi e superiori.

L'Anarchia è l'intimo mistero animatore delle incomprese unicità, forti perché sole, nobili perché hanno il coraggio della solitudine e dell'amore, aristocratiche perché sprezzanti della volgarità, eroiche perché contro tutti...

Nettare per l'Io psichico è l'Anarchia e non alcool sociologico per collettività.

Anarchico è colui che si nega a tutte le cause per la gioia della propria vita irradiata dall'interiore intensità dello spirito.


Nessun avvenire e nessuna umanità, nessun comunismo e nessuna anarchia valgono il sacrificio della mia vita. Dal giorno che mi sono scoperto ho considerato me stesso come META suprema.

Ora avvolto nella parabola ascendente del mio spirito liberato e liberatore, sciolgo le briglie della pura nudità dell'istinto per librarmi al di sopra dell'arco - ispirazione sociologica ideale - che aggiunge e congiunge l'utopismo dogmatico delle due pallide anarchie sognatrici per glorificare - fra il contrasto dei venti e le feste del sole - l'egoarchica e possente signoria di me stesso.

Oltre il tragico ponte del superuomo nietzschiano io scorgo un vertice ancora più libero e fosforescente sul quale nessun dio-uomo mai celebrò i suoi natali né la sua pasqua di resurrezione.

Al disopra dei popoli e dell'umanità vive e palpita l'assurdo e sublime mistero dell'UNICO indefinito.

Io - folle aquila umana - irrompo fra la tenebrosa oscurità di questa fosca notte, ove urla la tempesta delle idee e rumoreggiano i venti del pensiero, per poscia librarmi oltre le braccia antelucane dell'alba e, fra l'ardente fiamma del sole meridiano, divinarmi nel palpito voluttuoso e dionisiaco dell'istinto amoralistico e vitale ove la luce dello spirito e la passionalità del sentimento si inebbriano nelle vergini e selvagge sorgenti del sangue e della carne.

La gioia è - prima di tutto - un modo speciale di sentire la vita.

Per l'uomo superiore e di sentire elevato esiste la sublime gioia del dolore e la profonda tristezza della felicità. Zarathustra che, attraverso la dolorosa e sublime solitudine delle vette, cerca, con avidità, la fine gioia della conoscenza, ed incontra la folle e divina pazzia; Giulio Bonnot che, attraverso il "Crimine" ed il "Delitto", sublima la volontà dell'Unico che, al di là del Bene e del Male, ascende verso il cielo dell'Arte eroica del vivere e del morire. Bruno Filippi che si annienta nello sforzo titanico, che rivendica il diritto dell'"Io" contro le costrizioni sociali delle viscide collettività borghesi e plebee, sono le gemme radiose componenti la ghirlanda libertaria del mio amoralismo vitale, nonché i protagonisti della mia tragedia spirituale.

Io nella vita cerco la gioia dello spirito e la lussuriosa voluttà dell'istinto. E non m'importa sapere se queste abbiano le loro radici perverse entro le caverne del bene o entro i vorticosi abissi del male. Io ascendo, e se nell'ascendere incontrerò il tragico fulmine del mio destino, la vita e la morte si curveranno sulla mia bocca contorta per poscia seguirmi nel turbine supremo ove l'Arte glorifica i forti ed incompresi ribelli che la morale vitupera e condanna, che la scienza chiama pazzi e che la società maledice.

Io sono dunque il tripudiante istinto liberato. Porgendo l'orecchio a me stesso sento l'urlo scrosciante dello spirito mio liberatore che canta l'epica e trionfale canzone della vittoria finale.

Tutte le ARCHIE sono cadute infrante. Ora mi amo e mi esalto, mi canto mi glorifico. I miei vecchi sogni hanno trovato riposo sulla pelle bianca e odorosa delle donne. L'ardente e pagana anima mia di spregiudicato poeta si specchia con voluttà nei loro occhi perversi ove gli spiriti del Piacere e del Male danzano la danza più folle. Solo il luccicar delle stelle, lo scorrere dei fiumi, il mormorio della foresta, dicono qualche cosa di ciò che vive in me. Chi non comprende le strane sinfonie della natura non può comprendere le strofe sonore delle mie maliarde canzoni.

Il mio non è un pensiero o una teoria, ma uno stato d'animo, un modo particolare di sentire. Quando sentirò il bisogno di mettere decisamente in libertà i miei Centauri ed i miei furenti stalloni, sarà intorno a me un'orgia pazza d'amore e di sangue, perché io sono - lo sento - ciò che gli abitanti delle paludi morali della società chiamano "delinquente comune".

Pazzo? Come volete! Gli esseri normali non hanno mai goduto le mie simpatie. Fra gli uomini i più che amo sono i "delinquenti" del Pensiero e dell'Azione (Artisti, Ladri, Vagabondi, Poeti).

Fra le donne amo le pervertite. Le amo vestite di azzurro nei tramonti serali. Le amo vestite di rosso fra il biondo delle albe nascenti, le amo nude e profumate sul letto d'amore, le amo vestite di bianco sul piccolo letto di morte.

Povere, piccole, grandi sorelle mie che ho sempre amato e possedute mai. Io vi amo! vi amo! vi amo!

Ditemi o sorelle mie viventi, o sorelle mie trapassate: chi? chi di voi fu la più celebre, la più grande, la più pervertita?

Ah, ricordo, ricordo!...

Clara fosti tu!... Ma ora dove sei?

Ti conobbi una volta attraverso il *Giardino dei Supplizî* di Ottavio Mir[a]beau. Ti conobbi e ti amai! Tu sei la più strana e raffinata creatura, più romanticamente e profondamente umana e crudele che abbia saputo sentire finemente la vita e squisitamente l'amore fra il gemito straziante dei suppliziati ed il profumo dei fiori. Quando ti penso a correre, folle e leggera, sotto il preludio biondo del crepuscolo d'oro per trovare una verde zolla arrossata di sangue e fartene un letto nuziale per concederti al più profondo amplesso d'amore, io mi sento esaltato dall'ammirazione per te.

Ah, romantica e raffinata creatura, come tu sai penetrare il miracolo divino dei fiori e come il profumo sensuale del Tallitro cinese ti insegna a sublimare...

Solo una grande lussuriosa e una grande pervertita tua pari poteva udire - anche fra l'urlo straziante e terribile dei suppliziati - la voce forte e possente dell'istintiva natura che grida: "Amatevi!... Amatevi!... Fate anche voi come i fiori... Non c'è che l'Amore di vero!". Ed io lo comprendo e lo sento, o Clara, il tuo amore peccaminoso e amorale, maledetto ed abbominato dalla castrata purezza della morale dei casti e degli uomini. Lo sento che folle e impetuoso s'innalza dalle più sotterranee profondità dell'istinto, per rimbalzare - con musicale armonia d'ansie e di misteri - spregiudicato e superbo innanzi al barbaro e crudele spettacolo dei sacrifici umani e per celebrare il palpito supremo e gagliardo della GIOIA più dolorosamente profonda, risuonante nel cuore sanguinante della vita più tragica e piena.


O perversa eroina di Ottavio Mir[a]beau, io ti sublimo e ti canto perché sono il barbaro cantore del Male.

Al disopra delle due Anarchie della Ragione e del Bene, io innalzo - glorioso e trionfante - il vessillo dell'Anarchia dell'Istinto e del Male.

# NEL REGNO DEI FANTASMI

*Non esisteva che la Bellezza e la Forza ma i bruti e i deboli inventarono, per equilibrarsi, la Giustizia.*

Raffaele Valente

Lo credevo un sogno pauroso ed invece è una realtà sanguinante. Sono assediato e compresso entro un duplice cerchio di ossessi e di pazzi.

Il mondo è una pestifera chiesa laida e melmosa ove tutti hanno un idolo da feticisticamente adorare ed un altare su cui sacrificarsi. Anche coloro che accesero il rogo iconoclastico per ardere la croce sulla quale l'uomo-dio stava inchiodato, non hanno compreso ancora né il grido della vita e né l'urlo della Libertà. Dopo che Gesù Cristo, dal fondo della sua leggenda, sputò sulla faccia dell'uomo il più sanguinoso oltraggio incitandolo a rinnegarsi per avvicinarsi a dio, venne la Rivoluzione Francese la quale - feroce ironia - fece lo stessissimo appello proclamando i "diritti dell'uomo".

Con Cristo e con la Rivoluzione Francese l'uomo è imperfetto.

La croce di Cristo simboleggia la POSSIBILITÀ a diventare UOMO, i "diritti dell'uomo" simboleggiano la stessissima cosa.

Per raggiungere la vera perfezione bisogna divinizzarsi per il primo, umanizzarsi per la seconda. Ma l'uno e l'altra sono d'accordo nel proclamare l'imperfezione dell'uomo-individuo, dell'Io-reale, affermando che solo attraverso la realizzazione dell'ideale, l'uomo può assurgere alle magiche vette della perfezione.

Cristo ti dice: se tu salirai pazientemente il desolato calvario per poscia farti inchiodare sulla croce, diventando l'immagine di ME che sono l'uomo-dio, tu sarai la perfetta creatura umana degna di sedere alla destra di mio padre che è nel regno dei cieli. E la Rivoluzione francese ti dice: Io ho proclamato i diritti dell'uomo. Se tu entrerai devotamente nel chiostro simbolico della umana giustizia sociale per sublimarti ed umanizzarti attraverso i canoni morali della vita sociale, tu sarai un cittadino e ti darò i tuoi diritti proclamandoti uomo. Ma chi osasse gettare alle fiamme la croce ove appeso sta l'uomo-dio e le tavole ove stanno biecamente incisi i diritti dell'uomo per poi poggiare sul vergine e granitico masso della libera forza, l'asse epicentrico della propria vita, sarebbe un empio e un malvagio contro il quale si volgerebbero le sanguinose fauci dei due sinistri fantasmi: il divino e l'umano.

A destra le fiamme solforiche e sempiterne dell'inferno che punisce il PECCATO, a sinistra il sordo scricchiolio della ghigliottina che condanna il DELITTO.

La fredda e disanimata vigliaccheria della paura umana, germinata dalla teorizzazione d'un sentimento mistico e malato, è finalmente riuscita a trionfare sulla sana e primitiva INGIUSTIZIA istintiva e animata che era solo Forza e Bellezza, Giovinezza e Ardimento. Il progresso (?) e la civiltà (?), la religione (?) e l'ideale (?), hanno chiuso la vita in un cerchio mortale ove i fantasmi più biechi hanno eretto il loro viscido regno.

È ora di finirla! Bisogna spezzare violentemente il cerchio ed uscire. Se le chimere delle leggende divine hanno influenzato terribilmente la storia umana e se la storia umana vuole la mutilazione dell'uomo istintivo-reale per seguire il suo corso: noi ci ribelliamo!

Non è nostra colpa se dalle simboliche piaghe di Cristo sono sprizzate delle purulente goccie di materia sul rosso disco dell'umanità, per poi generare su questa l'infettante marciume civile che proclamò i diritti dell'uomo. Se gli uomini vogliono marcire nelle sistematiche caverne della putrefazione sociale si accomodino pure. Non saremo noi a liberarli! Ma noi amiamo il Sole e vogliamo contorcerci liberamente nello spasimo del suo caldo e violentissimo bacio.

Se mi guardo attorno mi vien voglia di vomitare. Da una parte lo scienziato a cui devo credere per non essere ignorante. Dall'altra il moralista e il filosofo dei quali devo accettare i comandamenti per non essere un bruto. Poi viene il Genio che devo glorificare e l'eroe innanzi al quale devo inchinarmi commosso.

Poi viene il compagno e l'amico, l'idealista e il materialista, l'ateo e il credente e tutta un'altra infinità di scimmie definite e indefinite che vogliono darmi i loro buoni consigli e mettermi, finalmente, sulla buona via. Perché - naturalmente - quella su cui cammino io è una via sbagliata, come sbagliate sono le mie idee, il mio pensiero, il mio tutto.

Io sono un uomo sbagliato. Essi - poveri pazzi - sono tutti pervasi dall'idea che la vita li abbia chiamati ad essere sacerdoti officianti sull'altare delle più grandi missioni, poiché l'umanità è chiamata a dei grandi destini... Questi poveri e compassionevoli animali deturpati da bugiardi ideali e trasfigurati dalla pazzia, non hanno mai potuto comprendere il miracolo tragico e giocondo della vita, come non hanno potuto accorgersi mai che l'umanità non è affatto chiamata da nessun grande destino. Se qualche cosa avessero compreso di tutto ciò, avrebbero almeno imparato che i cosiddetti loro simili non hanno voglia affatto di rompersi l'osso spinale per cavalcare l'abisso che l'uno dall'altro separa.

Ma io sono quel che sono, non importa cosa.

E il gracidare di queste multicolori cornacchie altro non serve che a rallegrare la mia nobile e personale saggezza. Non udite, o scimmie apostoliche dell'umanità e del divenire sociale, qualche cosa che romba al di sopra dei vostri fantasmi?

Udite, udite! È lo scrosciare saettante delle mie furibonde risate, che su, nell'alto rimbomba!

## IL SOGNO DELLA MIA ADOLESCENZA

Che la saggezza dei putrefatti imbelli non sogghigni e né si scandalizzi l'idiota castità delle signorine per bene.

Io sono un'adolescente precoce che dopo un lungo viaggio compiuto attraverso i labirinti fosforescenti delle più paurose profondità risalgo sul vertice per cantare nel sole la sacrilega e superba canzone della mia ancor giovane e pur così libera vita.

Qualcuno mi ha detto: "Tu sarai donna, poi sposa, poi madre!..."

Io ho risposto, con una domanda, così: Che cosa vuol dire donna, sposa e madre? Non dirò qui che cosa mi fu risposto; solo so che a pensarci rido, sì rido ancora. L'Amore inteso come una missione!? La donna sposa e madre? No, no, no! Io non sarò sposa, io non sarò madre! La mia rivolta non si può fermare a metà e né prendere cantonate. La mia rivolta - oltre alla famiglia - lancia pure i suoi dardi contro la natura. Io non voglio essere sposa, io non voglio essere madre. No, no, no!

Ieri sera mi sono spogliata nuda innanzi allo specchio e mi sono lungamente guardata. Ho veduto il mio corpo di carne avvolto in un'onda di luce che aveva dei piccoli fremiti. Non so bene il perché ma mi sono adorata...

Le turgide mammelle mi si ergevano superbe sul seno, tesoro di lattea bianchezza. Il mio ventre liscio e tondo mi dava l'impressione di essere un qualche cosa di modellato sull'avorio più fine dalla mano miracolosa di un artista divino. Avevo le bionde anella delle chiome discinte nella curva rotondità delle spalle e gli occhi dalle umide palpebre lievemente cerchiati di violetta e di nero. La peluria coronante la bassa concavità del mio ventre, mi parve un'ala d'oro sul dorso sacro degli angeli del cielo. La mia bocca rossa mi sembrava una melograna matura, aperta alle bionde carezze del sole.

Mi sono avvicinata allo specchio ed ho baciato con voluttà le mie labbra riflesse...

Non so se ho mai desiderato qualcosa con più intensità nella vita quando ieri sera ho desiderato di essere un uomo io stessa per rovesciare sul letto quel bianco corpo di vergine che il mistero nel terso specchio mostravami.

Ma l'idea dell'amplesso mi generò un'altra idea. Ogni causa ha un effetto...

Mi sdraiai supina sul letto. Mi martellavano le tempie. Il sangue mi scoppiava nelle vene. Forse ho delirato...

So che avevo gli occhi chiusi e non vedevo che tenebra. Ma fra la tenebra ho veduto un altro specchio. Quello dell'immaginazione che mostrava la realtà. Mi sono guardata. Ho veduto il mio bel ventre tondo e smaltato spaventosamente rigonfio, con nel centro una riga simmetrica d'un colore nero-giallo, che mi ha dato la viscida impressione di una piccola biscia distesa sopra un sacco ripieno di grossa erba appassita.

Poi anche le mie mammelle bianche e superbe le ho vedute infloscite ed avvizzite... Ero madre!

Un odioso marmocchio succhiava avidamente il mio sangue, sciupava la mia giovinezza, distruggeva spietatamente la mia divina bellezza che avrei voluta immortale.

Il desiderio di ieri sera è passato, ma l'incubo è rimasto.

Madre... Che cosa vuol dire tutto ciò? Dare figli alla specie, altri schiavi alla società, altri derelitti al dolore...

... Madre... Sposa...

Sono dunque queste le mete dell'Amore?

Ah, vecchie stregonerie della morale, vecchie menzogne di questa vecchia umanità.

No, io non sarò mai sposa di nessuno, io non darò nessun figlio alla specie. Mai!

La vita è dolore, l'umanità è menzogna. Chi accetta di perpetuare la specie è un nemico della bellezza pura.

L'umanità è una razza che deve SCOMPARIRE!

L'Individualismo deve uccidere la società, il piacere deve strangolare il dolore. Che il pianto ed il dolore muoiano affogati in un'orgia finale di gioia. Datevi alla pazza gioia del vivere voi che amate la vita, voi che amate la fine...

Che deve importare l'avvenire? Che può importarvi la specie?

Orsù voi che vi siete scoperti, facciamo del mondo una festa e della vita un'orgia crepuscolare d'amore. Per coloro che vengono dagli abissi della sociale menzogna ove stanno abbarbicate le radici dell'umano dolore, la gioia deve essere un fine ed il fine la meta suprema.

Io non voglio un figlio che sciupi la mia bellezza, che avvizzisca la mia giovinezza.

Io non voglio una famiglia che costringa la mia libertà; io non voglio un marito insipido, geloso e brutale, che, in ricompensa di un tozzo di pane, impedisca all'anima mia i lirici voli attraverso le più divine e peccaminose follie della lussuria e della voluttà che alla carne danno i molteplici amori.

Io non amo i mariti e forse neppure gli amanti.

Io amo il piacere e l'amore.

Ma l'amore è un fiore che germina sulla bocca degli uomini.

Quando io mi avvicinerò alla loro bocca per cogliere il fiore perverso dell'Amore, solo lo farò per l'amore mio. Amare gli altri è sempre superfluo e qualche volta è stolto. Basta amare se stessi. Basta sapersi amare. Ed io mi saprò amare tanto, tanto!

Mi amerò nuda innanzi allo specchio nella sera, mi adorerò nuda nella vasca da bagno nel mattino, mi inebrierò nuda fra le braccia degli amanti.

L'umanità cammina sulle vie del dolore per perpetuarsi, io m'incammino sulle vie del piacere perché cerco la fine.


Io cammino verso l'oriente, io cammino verso l'occidente. Io voglio camminare per le vie del mondo per cogliere i fiori dell'amore, della gioia e della libertà.

Amo le calze di seta nera e color carne. Mutande di seta bianca e seta rosa. Scarpe di caucciù e stoffe raffinate. Bagno d'acqua acetosa e di colonia, profumo di Cotty e fasci di rose.

Io voglio camminare per le vie del mondo per cogliere i fiori dell'amore, della gioia e della libertà.

Stroncherò le fronde dei tigli, coglierò bombole di ortensia, grappoli di glicine e fiori di oleandri per preparare al mio amore letti profumati.

E sarò l'amante dei vagabondi e dei ladri. E sarò l'ideale dei poeti.

Perché io non voglio dare nulla alla patria, alla specie ed all'umanità.

Io voglio ubbriacarmi alla sorgente del piacere, della lussuria e della voluttà. Io voglio ardermi tutta sul rogo dell'amore. Non voglio essere madre, non voglio essere sposa. No, no, no!

Letti profumati, baci di amanti e musica di pazzi violini. Danze e canzoni.

Lo so. Mi chiamerete pazza e perversa. Mi chiamerete p...

Ma son vecchi nomi impotenti che non mi commuovono più.

Sono l'adolescente precoce che, dopo aver vagato nei più paurosi abissi della profondità, rimbalzo sul vertice per cantare nel sole la sacrilega canzone della mia libera vita.

Vita di bellezza e di forza, vita di arte e di amore, sorgente del peccato divino, zampillanti nell'oasi sacra della voluttà. Basta ora con le epilettiche frenesie dello spirito.

Nulla di più del mio giovane corpo appartiene alla pagana bellezza.

O Amore involami...

# LA MISTERIOSA

Ci incontrammo sulla riva di un fiume in un caldo meriggio di agosto. Mi guardò, la guardai...

Dalla sua carne bianca e odorosa si sprigionava il sensuale profumo di tutti i fiori festanti e dai suoi occhi emanava tutta la divina luce del sole.

Nelle sue vene azzurre scorreva, caldo e fecondo, tutto il sangue umano ed il palpito possente del suo grande cuore era l'enorme palpito di tutto l'Universo.

Nell'anima sua vi erano abissi paurosi contenenti tutta la tenebra popolata di spiriti spettrali della negazione, e tutti i culmini abitati dai radiosi spiriti di tutte le luci dell'affermazione.

Ella simboleggiava l'infinito ed il finito, l'enigma e la verità, il rivelato e l'ignoto, la sfinge e il mistero...

Io non vidi mai figura più perfetta di zingara vagabonda e senza alcuna mèta.

Mi disse: "Sì, sì, lo comprendo quel folgorante punto interrogativo che brilla così stranamente nelle tue pupille come un diamante dalle virtù malefiche incastonato in un anello d'oro. Sì, sì, lo comprendo!..."

Tu mi vuoi dire: "Noi ci siamo già veduti una volta..."?

"Infatti..." Ma ella non mi lasciò finire. Mi troncò - con un grido - la parola a metà e "taci, taci" mi disse.

"Non mi parlare di ciò che sai, non mi parlare di ciò che sai, non mi parlare di ciò che fu..." E continuò: "Del resto avvenne a te quello che avvenne anche alla quasi totalità degli uomini. Tu non mi avesti che in sogno e molto deformata!

Storia volgare dunque quella del nostro amore. Ma ora non più sogni ... non più volgarità!

Guardami! non sono la solita chimera, la solita creatura dei sogni. No! Sono proprio io che ti parlo ora. Guardami negli occhi!... Vedi di quale luce infernale brillano le mie pupille sataniche? Senti quale alito perverso sprigiona dalle mie vergini labbra? Odi quale musica strana compongono i ritmici battiti del mio enorme cuore? Ed il folle tremendo mistero di questa paurosa anima mia lo comprendi?"

..............................................................................

Ero disorientato. Credevo che qualche eccesso di delirio o qualche ondata di gioia mi avessero dato l'allucinazione.

Distolsi i miei occhi dagli occhi di lei e guardai le acque del fiume che scorrevano maestosamente nella concavità del loro letto silente come liquido di purissimo argento.

Fra i verdi cespugli d'erba popolanti la riva, delle piccole striscie di ombra giocavano a rincorrersi - fra le danze leggere del vento - con delle sottili scaglie di sole.

La domestica campagna e la selvaggia foresta intrecciavano - poco lontano - i cori maestosi e festanti delle loro superbe canzoni.

Ella - la Misteriosa - continuò a parlarmi così: "Io ti ho veduto pallido e triste, ma con la pupilla divinata ed irradiata dalla speranza, scendere nei più profondi labirinti dell'umano dolore per raccogliere qualche gemma preziosa, dispersa fra le scorie di antiche miniere scavate nella groppa del tempo da antichi minatori.

Ma ogni pietra raccolta ti sanguinò le mani ed ogni vulnerata caverna ti mostrò la mostruosa faccia del Dubbio fra le fauci del quale la tua anima fu stretta come da un morso atroce.

Pensavi: - E se la pietra raccolta fosse falsa? e se le fatiche mie fossero vane? - Ma quando poi scoprivi il radioso brillare di un'altra gemma, nascosta fra le inutili scorie, subito ti riassaliva la gioia del lavoro con le sue mille svariate frenesie, e febbrilmente scavavi, innoncurante del sudore che ti bagnava la fronte e del sangue che ti sgorgava dal cuore. E quando sull'altare della pagana anima tu avevi deposto tutte le preziose pietre dell'antico sapere, spalancavi le ali del nuovo pensiero per volare sul culmine dell'ideale per dissetarti alle pure sorgenti della fede.

Ma quando sedevi sull'assolato culmine, soddisfatto delle tue grandi conquiste, ecco che le furie del dubbio chiamavano a raccolta i neri demoni della malinconia per dare la scalata alla montagna ed assalirti nel tuo sacro eremo.

Allora ti accorgevi di non aver trovato la via luminosa della vera pace e le tue pupille, fosche e smarrite, si fissavano intensamente nel vuoto.

Ah, sì! Tu cercavi la VIA povero pazzo. Ma la via non c'era...

Ci sono molte vie ma non l'*unica via*! E l'unica via eri tu. Tu con tutti i tuoi grandi difetti e le tue grandi virtù.

Ma tu non ti vedesti... Fosti uno scopritore di mondi ignorati ma tu non ti scopristi. Tu che di tutti i mondi eri il centro animatore.

Tu non fosti mai il grande solitario monologico, dimentico del mondo, e di te stesso Dio e contemplatore.

Io ho veduto i materialisti strisciare con il ventre a terra come dei neri rettili, e gli spiritualisti (idealisti) volare, trasportati e vuoti come delle miserabili perfezioni disseccate. E dietro di loro ho vedute le lunghe coorti dei mistici e le infinite teorie degli asceti, vagare - poveri pazzi - alla ricerca di leggi esteriori da servire in una chiavica umida e muffosa di teoria e ombrata di fede, entro la quale incanalare la loro inutile vita di ossessi!

L'uomo - anche colui che porta nel pugno il labaro della Libertà - cerca sempre la schiavitù nella vita.

Nessuno vuole persuadersi d'una verità che nega ogni "sistema", ogni "regola", ogni "forma".

Anche i libertari cercano il sistema, la regola, la forma...

Cercano la teoria svirilizzante e la fede omicida. Prova dire a costoro: né "regole" né "forme" e né "sistemi", ma Brividi e Fremiti, Sensività e Intuizione, Lirismo e Immaginazione, Forza e Fantasia ed essi ti diranno: "Ben altro ci vuole per la Società, ben altro ci vuole per l'Umanità!"

La Società e l'Umanità sono l'incubo degli ossessi! E questo incubo tormentatore della Società e del "Ci vuole..." crea le oscure falangi dei pessimisti che tutto vedono nero e quelle degli ottimisti che tutto vedono rosso.

Il mondo è - per se stesso - la stessa cosa di tutti. Ma gli scettici non credono e i religiosi adorano. Ma gli uni e gli altri si ostinano rabbiosamente a condannare colui che sa essere religioso e ateo, santo e peccatore, scettico e credente, ribelle e dominatore proprio al medesimo tempo. E questo semplicemente perché nessuno vuole comprendere che l'essere è un tutto nel tutto e non una particella infinitesimale dell'universo o una rotella microscopica della macchina umana. Ed anche tu - mio povero pazzo - cercavi una via, un orizzonte, un "là" alla tua vita. Ma al vagabondo dello spirito tutte le vie sono aperte, come per l'iconoclasta ogni tempio è vulnerabile ed all'Eroe possibile ogni mèta.

Non c'è una VIA ma vi sono tutte le VIE.

Non c'è una Verità ma vi sono tutte le Verità.

Non c'è il diritto ma la Forza.

Non c'è la legge ma il libero arbitrio.

Non esiste la Giustizia ma l'Ingiustizia.

Non esiste ciò che si chiama Amore ma bensì l'Egoismo.

Ogni coerenza teoretica è mutilazione vitale e la vera logica è l'illogicità. Ogni uomo che segue una via con gli occhi fissi a una mèta è sempre in compagnia del rimorso come colui che giurando trova sempre il rimpianto.

Solo colui che cammina su tutte le vie con l'occhio fisso nel disco del suo mondo interiore può essere il signore della serenità e il Dio della pace felice".

Qui la Misteriosa ebbe una pausa. Girò lo sguardo intorno. Guardò il bel sole, il fiume cristallino e la festante foresta. Cantò un inno ateo alla solitudine che non ha testimoni. Poi mi disse allegramente: "Sì, io sono tua, tutta tua. È questo il luogo in cui tu devi prendermi". E così dicendomi si tramutò sotto le forme di un'ombra ed avvicinandomi mi compenetrò. Da quel giorno io sono il corpo di lei poiché Ella altro non è se non l'Anima mia.

# PARTE III

## BALLATA CREPUSCOLARE
preludio sinfonico di «DINAMITE»

51

Questa è l'ora dei miei foschi pensieri.
    Il mio Demonio dorme.

Dorme nel crepuscolo cupo
    di quest'anima mia

il rosso Demonio
    della mia infernale allegria.

Fumo...
    Fumo disperatamente,

intensamente. Sempre!
    Sempre! Sempre! Sempre!

Vorrei pensare, scrivere, cantare...
    Ma il mio Demonio dorme.

Dorme nel crepuscolo cupo
    di quest'anima mia

il rosso Demonio
    della mia infernale allegria.

E i pensieri non vengono...
    Il riso e la maledizione neppure!

È questa la mia ora nera
    di melanconia nera!


Guardo, distrattamente, la mia sigaretta.
    Esile, pallida e calda

come un'amante malata.
    La vedo consumarsi lentissimamente

come la mia vita e i miei sogni:
    come la vita e i sogni di tutti i miei fratelli.

La cenere cadde a terra e si disperse. Così!
    Il fumo s'innalza, denso e grigio, nell'aria

e si disperde pure. Così.
    A me non rimane

che un po' di nicotina gialla
    sulle labbra amare. Così.


Il mio Demonio dorme.
    Dorme nel crepuscolo cupo

di quest'anima mia
    il rosso Demonio

della mia infernale allegria.
    Guardo il Sole!

Lo vedo tramontare fra i gorghi biondi
    d'un bel mare d'oro.

D'oro e di sangue...
    Ma il mio cuore è morso.

Morso da un freddo pianto
    senza speranze e lacrime,

senza odio e senza amore.
    Oh, potessi almeno piangere...

potessi almeno imprecare...
    Ma, no!

No! No! No!


Chi?
    Chi mai dunque mi ha fatto tanto male?

Chi è il malefico artefice
    di questo mio soffrire?

Ahi madre... madre mia...
    Se ancora avessi la forza

di poterti almeno maledire...
    Ma, no!

No! No! No!
    Eppure sei tu - solo tu! -

che mi hai dato la vita,
    che mi hai dato il dolore,

che mi hai dato il Male!
    Ma dimmi:

Credevi tu forse nella gioia di vivere?
    Sono io dunque il figlio d'un tal sogno grottesco?

O pure sono un volgarissimo figlio
    della comune incoscienza?

Ma perché dunque o madre,

non avesti
    - quel giorno -

l'ispirazione eroica di battere
    VIOLENTEMENTE

il tuo gonfio ventre
    sopra una dura pietra. Così!

Perché io non avrei voluto vederlo
    il Sole.

Perché io non l'avrei voluta
    questa miserabile vita.

Perché io soffro tanto, così...
    O Madre, piangi?

E perché?
    Senti forse il rimorso

di avermi creato?
    Immagini forse il male

che mi travaglia e mi spezza
    terribilmente così?

Oh, avessi almeno la forza
    di poterti ancora maledire...

Ma, no!
    No! No! No!

Sono troppo vile!


Il fiume scorre e canta...
    (il bel fiume tranquillo e ridente)

Scorre sul suo fine letto
    di molle arena

e le sue bianche schiume
    son trapunte d'oro.

La scogliera titanica
    lava i suoi granitici fianchi

nelle acque tue terse
    - o fiume solitario -

e seduto ai tuoi margini
    Io

guardo le foglie verdi
    che, ricamate d'ombra e di luce,

il vento accarezza. Così!
    Guardo. Penso e ricordo...

Ma la mia anima è cupa
    e, tutto intorno a me,

piange la sera. Nera.
    Io non amo più.

Io più non credo!


Chi?
    Chi mai dunque mi ha fatto tanto male?

Le donne e l'amore?
    Gli uomini e l'amicizia?

La società e la sua legge?
    L'umanità e la sua fede?

Forse tutti!
    Forse nessuno!

Non so...
    Mi sento tanto male...

Tanto! Tanto! Tanto!
    Qui... nell'anima!


Il mio Demonio dorme...
    Dorme nel crepuscolo cupo

di quest'anima mia...
    Quanto sono triste...

Triste e melanconico.


Vorrei dei nuovi amici.
    Dei veri nuovi amici.

Ho bisogno di confidare
    (a qualcuno)

le mie nere malinconie.
    Ma non ho amici

Sono solo!
    Solo con le mie

MALINCONIE.
    Solo con il mio Destino.

Solo, solo così!


Il mio Demonio dorme.
    Il mio cervello è attraversato

da un Ricordo.
    Ricordo d'un Sogno.

Sogno di giovinezza:
    "Uomini forti e felici,

abbracciati, intrecciati
    a nudi corpi di donne

belle, gioiose e felici,
    festeggiate e glorificate

da bambini innocenti e felici.
    Poi:

Fiori e sole.
    Musiche e danze.

Stelle e poesie.
    Canzoni e amore".


Il mio Demonio dorme.
    Il mio cervello è attraversato

dai bagliori giallognoli
    neri e verdastri

della turpe realtà!
   Della realtà che passa...

"Un impasto di bruti e di brute.
   Un insieme di ipocrisia e d'ignoranza.

Una miscela di viltà e di menzogna.
   Un tutto di sterco e di fango".

Ah, no!
   No! No! No!

Io soffro tanto!
   Tanto! Tanto! Tanto!


Il sole è tramontato.
   (il bel Sole d'oro)

Gli Angeli della sera
   sono agonizzanti...

Le foglie verdi sono teschi di morte,
   freddi, sghignazzanti...

Il fiume (il bel fiume terso)
   è ora un serpente nero

paurosamente disteso
   fra i massi della scogliera.

Tomba lugubre e muta.
   Tomba lugubre e nera.


La mia sigaretta s'è spenta...
   (la mia sigaretta pallida e calda

come un'amante malata)
   La cenere s'è dispersa.

Il fumo pure.
   A me non è rimasta che un poco

di nicotina gialla
   sulle labbra amare:

come della vita e dei sogni. Così!

Entro il crepuscolo cupo
    dell'anima mia

il mio rosso Demonio si desta.
    Sento come un rivoletto di sangue amaro

scorrermi sulle labbra amare...
    Ho un tragico presentimento...

Che avverrà nella notte?
    Ma... le stelle

- le care stelle -
    vedranno.

Oh, se potessi ancora una volta
    ridere e maledire soltanto...

Ma vedo un lampo sinistro (un rogo?)
    brillare nell'oscurità della notte.

Dovrò COLPIRE!
    Lo sento...

Lo sento! Lo sento! Lo sento!
    Io sono un astro che volge

verso un tramonto tragico.